野いちご文庫

私たち、あと半年で離婚します！

ユニモン

STARTS
スターツ出版株式会社

目次

プロローグ

鷲尾陽菜《わしおひな》、十八歳。
高三だけど、訳あって、やたらとモテる同級生の夫がいる。
ただしこの関係は、あと半年の期間限定。
彼は離婚が決まって、絶対大喜びしてる。
大人に勝手に決められて、十八歳になったその日に、仕方なく私と結婚したのだから。
そう思っていたのに。
「陽菜」

久しぶりに来た彼のマンションのリビング。
私はなぜか、切なげな声で名前を呼ばれている。
結婚してから、一度も名前で呼ばれたことなんかなかったのに……。
きれいな顔が迫ってきて、じりじりと壁際に追い詰められた。
じっと私を見つめる、青みがかった黒の瞳。
怖いほどの色気にタジタジになる。
「男が知りたいなら、俺で知ればいいだろ。夫なんだから」
——目の前にいる彼は、いったい誰ですか⁉

一章　あと半年で離婚します

「あ、鷲尾くんだ。はぁ〜、やっぱかっこいい」

「いつ見ても顔が天才すぎる」

「相変わらず、死ぬほどモテてるらしいよ。今って彼女いるのかな?」

夏休みが明けたばかりの昼休み。

外国のお城みたいな校舎が特徴の、主に富裕層が通う、私立一貫校の高等部。

色とりどりのステンドグラスに面した渡り廊下に、やたらと女子の注目を浴びている男子がいた。

少し癖のある黒髪に、青みがかった黒い瞳。

見惚《みと》れるほどきれいな鼻筋、薄くて形の整った唇。

白の半そでシャツにグレーチェックのズボンの制服を、モデルみたいにサラリと着こなす、184センチの高身長。

見た目がずば抜けているだけじゃない。

帰宅部なのに、助っ人で出た陸上部の競技大会で優勝するほどの運動神経。

おまけに父親は、あの国内屈指の大企業、Rテクノロジーの社長。

今日も三年一組の鷲尾清春《きよはる》は完璧だ。

黒髪セミロングの平凡顔、身長158センチ、痩せ、小心者。

その他大勢にあっという間に埋もれてしまう私とでは、住む世界が違う。

——住む家は、この間まで一緒だったんだけどね。

「彼女どころか、嫁がいますけど」

隣で、親友の真琴《まこと》がつぶやいた。

真琴は、茶髪ロングのちょっと派手な見た目をしている。

私は慌てて口に人差し指を当て、真琴にしーっと言った。

「ちょっと真琴！　それ、言わないで！」

「みんな、鷲尾くんに夢中で気づいてないって。なにせ天然の〝女子ホイホイ〟なんなんだから。それに聞こえたとしても、冗談って思うでしょ」

「たしかに、それはそうだけど……」

同じ高校の生徒同士で結婚してるなんて、ふつうは思わないよね。

それも、だいたいの女子が一度は恋する鷲尾清春と、平凡女子代表みたいな私が。

私たちが夫婦なのを知っているのは、この学校では真琴と先生たちだけだ。

苗字も本当は鷲尾だけど、学校では旧姓の佐久間《さくま》で通している。

いつもつるんでいる男子たちが楽しそうに話している中、清春は話に入らず、壁にもたれてパックのカフェオレを飲み続けていた。

そんな何気ない姿すら、まるで映画のワンシーンみたいに絵になっている。

清春を見るのは一ヶ月ぶりだ。

なんか、疲れてる？

昨日の夜に、短期留学先のイギリスから帰国したばかりだからかな。

「とにかくあと半年で〝元〟嫁になるんだから、波風立てずにそうっとしといて」

「その話、本当だったたんだ。ていうかなんで半年後？」

「向こうの親に頼まれたの。あまり早くに離婚すると、世間の目がどうとかって」

「なるほど。嫁ぎ先が大企業だと、いろいろややこしいのね。ていうか大人の事情で振り回されてるの、かわいそう。そもそも十八歳の誕生日に政略結婚とかあり得ないもん。平安時代か」

「政略結婚とは少し違うと思う。向こうの家に利益はないし」

「似たようなものじゃない。ていうか、振り回されたあげくに十代でバツイチになるの？　気の毒としか言いようがないわ」

小声でささやきながら、真琴がかわいそうなものを見る目で私を見てきた。

バツイチというワードがグサッと胸に刺さって、思わず「うっ」となる。

そんな私を元気づけるように、真琴がバンッと背中をたたいた。

「よし陽菜！　気分転換に、今度カラオケでも行くか！」

「え、でも私、カラオケの楽しみ方よく分からないし……」

「だから一緒に行きたいんじゃん！　高校最後の年なんだし、面倒なことは忘れて、高校生らしい遊びしようよ！」

真琴は、すっかり私をカラオケに連れていく気満々になっている。

高校生らしい遊び、という真琴の言葉にちょっとワクワクした。

「言われてみればそうかも。考えとく」

「考えとくもなにも、決定だから！　計画するから楽しみにしといて！」

真琴とそんな会話をしていると、どこからか視線を感じた。

顔を上げると、渡り廊下の壁にもたれたまま、清春がじっとこちらを見ている。

ばっちり目が合った。

清春は、まるで怒っているみたいで……。

――え？

どうしたらいいか分からず、急いで目を逸らす。

背中に変な汗が湧いた。

「真琴、もう行こう。そろそろチャイム鳴るし」

「うん。で、いつならカラオケ行けそう？」

私は真琴を急かして、渡り廊下から逃げ出す。

だけど清春の怒ったような顔は、ずっと頭の中から離れなかった。

清春と目が合ったのは久しぶり。

そんな私たちが高校生夫婦なんて、やっぱりあり得ない。

私のおじいちゃんと清春のおじいちゃんの興三郎《こうざぶろう》さんは、若い頃、一緒に会社を作った。

会社はやがて、国内屈指の大企業へと成長。

おじいちゃんはある日突然、陶芸家になると言って会社を辞めてしまったけど、その後もふたりの友情は続いた。

そしてお互いの孫――私と清春が同じ四月七日に生まれると、『運命だ！』と盛り上がって、十八歳になったら結婚させると約束した。

おじいちゃんは私が三歳の頃に亡くなったけど、興三郎さんは私たちの結婚にこだわり続け、私と清春は十八歳になったその日に入籍。

私は、清春がもともと住んでいた高層マンションの一室に引っ越した。

それが、新婚とは思えない、すれ違い生活の始まりだったのだ。

清春は私が起きる前に家を出て、寝た頃に帰ってくる。

週末もだいたいいないし、もしかしたら女の子のところにでもいる？っていつも思ってた。

たまに家の中で会っても、会話なんてなく、そもそも目が合うことすらない。

学校ではもっと目が合わなかった。

死ぬほどモテる清春にとって、私は仕方なく結婚した相手。

ただの面倒な存在だったんだろう。

結婚から三ヶ月後、興三郎さんが亡くなった。

清春の両親が私のところに来たのは、清春が留学中の、お盆を過ぎたあたりだった。

『陽菜ちゃん。清春と離婚してくれない？　まだ高校生のあなたたちは、この先長い人生を生きるの。これからたくさんの出会いがあるのに、好き合ってもいない者同士、夫婦でいるのはおかしいわ』

清春のお母さんの佐枝子《さえこ》さんの言うとおりだった。

こんな結婚、無理がある。

だけど興三郎さんが生きている間は、反対を聞き入れてくれなかったらしい。

『でもね、おじいちゃんも亡くなったばかりだし、今すぐだと世間的に印象が悪いでしょう？　だから高校を卒業するまでは待ってほしいの。こちらの都合でごめんなさいね。でも清春には、もっとふさわしい人が――』

『佐枝子、それ以上はよせ』

清春のお父さんの勝則《かつのり》さんが、佐枝子さんに言う。

私には、ふたりが考えていることが分かった。

おじいちゃんはRテクノロジーの創業者ではあるけど、陶芸家になってからは、会社にはいっさい関わっていない。

おじいちゃんの息子である私のお父さんは、平凡なサラリーマン。

セレブな清春と、一般家庭の娘の私とでは、どう考えても釣り合わない。

清春の両親は、清春に、釣り合った家柄の相手と結婚してもらいたいんだ……。

『分かりました。高校卒業と同時に離婚します』

『本当？　陽菜ちゃんありがとう！　物分かりがよくて助かるわ！　清春には私から伝えるから、心配しないで』

佐枝子さんが用意していた離婚届に、私はすぐにサインをした。

そうして、その日のうちに荷物をまとめ実家に戻った。

半年後に離婚することが決まったのに、これ以上清春と暮らす必要はないから。

あれ以来、あの家には一度も行っていない。

離婚届は、卒業式の日に佐枝子さんが代理人として出してくれるらしい。

清春も、あっさり離婚届にサインしたはず。

あれほど私を避けてたんだから、うれしくて仕方なかっただろう。

ぼんやりとそんなことを考えているうちに、ホームルームが終わっていた。

ざわざわしている教室で、帰る準備を始める。

今までは学校が終わったらすぐに帰ってご飯を作っていたけど、もちろんもう、そんなことはしなくていい。

私、本当に清春と離婚するんだ……。

「おい」

まあでも、遅かれ早かれこうなっていたよね。

他人の方がマシな関係だったし。

「おい」

真琴が言っていたように、そもそも高校生で結婚させられるって、今さらだけど異常すぎる。

おじいちゃん同士の絆だかなんだか知らないけど、孫まで巻き込むのはやめてほしい。

「──おい」

ハッと我に返った。

そういえば、さっきから呼ばれていたような。

「あっ、ごめん」

慌てて顔を上げる。

すると、ありえない顔が目に飛び込んできて、息が止まりそうになった。

少し癖のある黒髪に、青みがかった黒の瞳、完璧に整った顔のパーツ。

――清春？

一組の清春が、なんで二組にいるの？

驚きすぎてぽけっとする私に、清春が二枚のプリントを渡してきた。

「これ、先生から預かったプリント」

「……図書委員のお知らせ？」

「ああ。もうひとりの図書委員にも渡しといて」

プリントを受け取り、動揺しながら眺める。

今後の図書委員会の日程が書かれていた。

なんでこれを清春が持ってるの？

ていうか、私がこのクラスの図書委員だってこと知ってたんだ。

「……分かった。ありがとう」

たどたどしく言い、もう一度清春を見る。

清春は何か言いたげだった。視線に圧を感じて、緊張してしまう。

近くにいた女子たちが、清春の周りに集まってきた。

「あれ、鷲尾くん？　どうしてこんなところにいるの？　プリント配り？」

「そう、先生に頼まれて」

「へえ〜。鷲尾くんでもそういうこと頼まれるんだ、なんか意外」

キャッキャとはしゃいでいる女子たち。

清春を〝女子ホイホイ〟と真琴がたとえたのを思い出した。

だけど清春は、ハイテンションな彼女たちを完全にスルー。スルリと女子たちの輪から抜ける。

そしてなぜか教室の入口で立ち止まり、もう一度私を振り返った。

その目は、やっぱり何かを言いたげで。

え、なに？

今まで、こんなことなかったのに……。

「じゃあね、鷲尾くん」

「プリント配り、がんばってね」

女子たちの黄色い声に送られながら、清春が二組の教室から出ていった。

私の胸は、いまだにドキドキしていた。

清春がおかしい。

イギリスから帰国したばかりだから、時差ボケみたいなものかな……。

半年後に離婚するんだから、あまり深く考えない方がいいよね。

＊＊清春＊＊

廊下を歩きながら、俺は人にバレないように大きく息を吐いた。

いまだに胸がドクドク鳴っている。

陽菜に話しかけることができた。陽菜も普通に受け答えしてくれた。

自然なかんじだったと思う、俺にしては上出来だ。

興奮をどうにか落ち着かせようとしていると、すれ違ったクラスの男子が「お、鷲尾」と声をかけてきた。

「プリント配り、代わってくれてありがとな」

「ああ、気にすんな」

お前のためじゃないし。

陽菜と話す口実が欲しくて、図書委員のプリントを先生から渡されて面倒くさそうにしていたこいつに、声をかけただけだ。

陽菜が図書委員だと知っていたから。

「お前、いいやつだな。じゃあな」

「ああ、またな」

彼のおかげで陽菜と話せて、心から感謝していた。

そう思ったところで、ハッと我に返る。

仮にも夫婦なのに、話しただけでこんなにも感動してるなんて、どう考えても異常だろ。

今さらなことに気づき、ズンと気持ちが沈んだ。

そしてまた、昨日の衝撃的な出来事を思い出す。

イギリスから家に帰宅した直後のことだ。

〈卒業式の日に、陽菜ちゃんと離婚することが決まったから〉

母さんからの電話の内容を、俺はしばらくの間、理解できないでいた。

受け入れられなかった、と言った方が正解かもしれない。

だけど、家から陽菜の物がなくなっているのは明らかで。

〈陽菜ちゃんがね、あなたとの離婚を強く望んだのよ〉

スマホの向こうから聞こえる母さんの声が、グサッと胸に刺さる。

〈あなたも陽菜ちゃんを避けてるようだったから、これで安心したでしょ？　高校生で結婚させるなんてこと自体がおかしかったの。おじいちゃんが生きているうちはどうにもならなかったけど、今ならあなたたちを自由にしてあげられる。申し訳なかったと思っているわ。リビングのテーブルに離婚届を置いているから、サインしときなさい〉

母さんが電話を切った後、俺は放心状態だった。

『嘘だろ……』

青くなって、うめくしかなかった。

俺にとっての陽菜は、空気みたいに、そばにいて当たり前の存在だったから。

それなのに、そばからいなくなる？

――陽菜ちゃんがね、あなたとの離婚を強く望んだのよ。

母さんの声が、また胸に刺さる。

どうしようもないほどの後悔に苛《さいな》まれながら、俺はそのとき、必ず陽菜を取り戻すと誓った。

なりふり構っている場合じゃない。急いでどうにかしないと。

陽菜が俺のそばからいなくなるなんて、考えたくない。

＊＊＊

昼休憩。

私と真琴は、学校の食堂にいた。

「陽菜、何にする？　私はパスタランチ」

「私は日替わりかな。ホタテフライおいしそう」

私たちはご飯の乗ったトレイを持って、食堂の中を見渡した。

大きな窓から明るい光が降り注ぐ広々とした食堂は、人がいっぱいだ。

「ぜんぜん空いてない。先に席とっとけばよかったね」

「あ、真琴。あそこの席、空いたよ。急いで座ろう」

空いたばかりの窓際の席をゲットする。

「そうだ、陽菜。カラオケあさってに決まったから。その日ならみんな空いてるみたい」

いただきます、のポーズをしていた私は固まった。

「え？　みんなって何？　真琴とふたりかと思ってた」

「カラオケなんて、大勢で行くもんでしょ？　何が悲しくて女ふたりで行かなきゃいけないのよ。いろいろ呼んどいたから」

まったくまた～と軽く私をあしらう真琴。

「でも、知らない人と行くの緊張する……」

「これだから箱入り娘は！　同じ学校の子もいるから、まったく知らないってわけじゃないよ。大丈夫だって！」

いつものようにサッパリしている真琴をうらめしく思っていると、隣でガタッと椅子を引く音がした。

「ここ、いい？」

「あ、はい」

ホタテフライをもごもごしながら隣を見た私は、むせ込みそうになった。

食堂内の視線をチラチラ集めている、顔面の天才がいたからだ。

まさか、また清春に話しかけられるなんて。

「お、いい席空いてたじゃん」

「清春、お前何にしたの？　サバの塩焼き定食？　渋くね？」

清春がいつも一緒にいる一組の男子たちも、同じテーブルに座る。

驚きすぎて、ホタテフライを挟んだ箸を持ったまま凍りつく。

「それ、日替わり？」

「……え？　あ、うん」

清春のサバの塩焼き定食には、肉じゃがとお味噌汁もついている。

清春は、肉じゃがが大好きなのだ。

一緒に住んでるときも、肉じゃがを作ってあげたら、いつもは無表情なのに、珍しくうれしそうに食べてたっけ。

清春はほとんど家にいなかったから、幻みたいな思い出だけど。

頭の隅でそんなことを考えていると、清春がジトッと私を見つめてきた。

間近で見るブルーブラックの瞳に、引き込まれそうになる。

「それ」

「へ？」

「ずっとその状態だけど、食べないの？」

清春は、箸に挟んだままのホタテフライのことを言っているようだ。ひと口だけかじったあとがある。

「あ。これは、その」

「食べないならちょうだい」

清春が、かじりかけのホタテフライにパクッとかぶりついた。

平然とした顔で口を動かしている清春。

清春の周りにいる男子たちが、一気にざわついた。

「あれ？　清春と佐久間さんってこんなに仲良かったっけ？」

「そういえば、中学まではよく一緒にいたよな」

そう言ったのは、小学部から一緒だった男子だ。

「ていうか、潔癖そうな清春がそんなことするの初めて見た」

彼が言う〝そんなこと〟とは、他人のかじりかけの食べ物を食べてしまったことだろう。

私も清春がそんなことする人だなんて、知らなかった。

清春はあっという間にホタテフライを飲み込んでしまう。

「どうして？　普通だろ？」

――夫婦なんだから。

小さな声が聞こえてきた気がして、私は思わず食い入るように清春を見る。

清春は平然とした顔をしていた。

なんなのこれ、どういう状況？

「えー、見て。佐久間さん、鷲尾くんと話してる」

「あのふたり、まだ仲良かったんだ？　高校入ってから一緒にいるとこ見なくなってたけど」

「いいな〜。私も鷲尾くんと話したい」

後ろから女子たちの声が聞こえてきて、胸がザワザワする。

そうなんだ。私たちは、もとから仲が悪かったわけじゃない。

というより、誰よりも仲が良かった。

高一の夏までは——。

初めて清春に会ったのは、五歳の頃だった。

『清春、この子が陽菜ちゃんだよ。清春の将来のお嫁さんだ』

興三郎さんに背中を押され、じっと私を見ていた男の子。

清春は、その頃から特別きれいだった。

艶《つや》のある黒髪に、青みがかった黒い目。

同じ幼稚園の男の子たちにはない雰囲気に、見惚れたのを覚えている。

『こんにちは、佐久間陽菜です』

挨拶すると、清春は無表情のまま『こんにちは』とだけ答えた。

その頃、清春の両親は、会社の関係でアメリカに移住したばかりだった。

清春は日本にいる興三郎さんと一緒に住んでいた。

私はそれから毎週末、清春のところに遊びに行った。

けれど清春は私といても、いつもつまらなさそうで。そんな清春といても、私も居心地が悪かった。

ある日曜日、興三郎さんに言われて、清春と一緒に公園に行った。

夕方、公園が夕焼け色に染まる頃、親が子供たちを迎えに来る。

お父さんとお母さんに手を繋がれ、話をしながら、楽しそうに帰っていく子供たち。

幸せいっぱいの家族を見送る清春の顔は、見たこともないほど寂しげだった。

そんな姿に、胸がぎゅっとなる。

両親と離れて暮らしている清春は、普段は隠してるけど、本当はずっと寂しい思いをしているんだろう。

気づけば私は、清春の頭をよしよしと撫でていた。

『いい子、いい子』

清春が驚いたように私を見た。

嫌がられると思ったけど。

『……それ、もっとして』

清春は顔を赤らめ、恥ずかしそうにそう言った。

『うん、いいよ。いい子、いい子、とってもいい子』

それから清春は、私にだけいろんな表情を見せるようになった。

寂しそうな顔、怒っている顔、うれしそうな顔、満足そうな顔。

表情の変わらない清春が、表情を変える瞬間を見るのが好きだった。

蕾《つぼみ》が開くみたいで、本当にきれい。

いつの間にか、そんな清春のことが好きになっていた。

そして私と清春は、同じ小学校に入学した。大学までエスカレーター式で繋がっている、私立学園だ。

セレブな清春はともかく、庶民の私までもが入学できたのは、たぶん興三郎さんが口利きしてくれたおかげ。

私と清春は、週末だけでなく、学校でも一緒にいるようになった。

だけど、小三のとき。

『陽菜ちゃん、なんでいつも清春くんと一緒にいるの？　変だよ』

クラスの女子にそんなことを言われ、びっくりした。

『変って、どうして？』

『だって、清春くんはお金持ちだしかっこいいし特別でしょ？　陽菜ちゃんはボロいマンションに住んでる貧乏だし、かわいくもないじゃん。一緒にいるのはおかしいよ』

本当にそのとおりで、何も言い返せない。

『もしかして、一緒にいたら、清春くんが陽菜ちゃんのことを好きになると思ってる？　そんなのあり得ないよ。陽菜ちゃんだけは絶対にない』

胸を打たれたようになって、そのとき私はようやく知った。

完璧な清春が、私みたいな平凡な女の子を好きになるわけがない。

泣きたいくらい、悲しかった。

だけど気づかれないように、今までどおり清春と過ごした。

中学になると、清春は私よりもずっと背が伸びた。

清春はものすごくモテた。

あの子が清春に告った、あの子なら清春とお似合いだ、あの子と付き合ってるらしい。

そんな噂を聞くたびに、私は不安で消えてしまいそうだった。

だけどまったく気にしていないフリをし続けた。

清春にとって、面倒な存在になりたくなかったからだ。

そして高一の夏、事件が起こる。

週末、清春の家に行くと、いつもはリビングで私を待っている彼がいなかった。

『清春?』

部屋まで行くと、彼はベッドに寝転がり、天井を見上げていた。

『調子が悪いの?　大丈夫?』

ひょこっと顔を覗き込むと、手首をつかまれ、あっという間にベッドに押し倒された。

真上からじっと見つめられ、息が止まりそうになる。

きれいな顔がどんどん近づいてきて、壊れそうなほど心臓がバクバク鳴った。

キスされる……！
そう思った瞬間。
――『陽菜ちゃんだけは絶対にない』
そんな声が、稲妻のように耳によみがえる。
そうだ、清春が私を好きになるわけがない。
興三郎さんが決めた婚約者だから、仕方なく仲良くしてるだけ。
だからこれは、ひどい冗談なんだ。
『……いやっ！』
悲しくなって、ドンッと清春の体を押す。
清春は私のことが好きでもなんでもないから、平気でこういうことができるんだ。
涙があふれて止まらない。
清春は泣いている私を見て『――ごめん』と静かに言った。
それ以来、清春は口を利いてくれなくなった。目も合わなくなった。
冗談の通じない私のことを、めんどくさいと思うようになったんだろう。
仲のいい幼なじみだったのが嘘みたいに、私たちの間には距離ができた。

つまり私たちの関係は、結婚する前からとっくに終わっていたんだ……。


「きゃ～！　鷲尾くん！　やばい、かっこいい！」

「速すぎ！　なんで陸上部じゃないの⁉」

新学期が始まって四日目、一組と二組の合同体育があった。

今日の体育はハードル走。

長い脚を活かして、陸上部員たちに圧勝している清春。

女子たちの目がハートになっていた。

男女別で授業を行っているのに、女子はみんな清春の方ばかり見ている。

「それじゃあ、位置について」

先生の声で、私はスタートラインに立った。

一緒に走るほとんどの女子が、清春をチラチラ気にしている。

私の頭の中も、清春のことでいっぱいだった。

清春がおかしい。

やっぱり、しょっちゅう目が合う。

休憩時間に廊下に出ると、なぜか教室の前に清春がいて、じっとこっちを見てたり。

移動教室のとき、ふと一組の教室を見ると、清春だけが私を見てたり。

時差ボケ、まだ治らないのかな……。

――グキッ！

「……いっ！」

ぼんやりしていたせいで、思いっきり足を挫《くじ》いてしまった。

ハードルを倒して派手に転ぶ。

「陽菜！　大丈夫⁉」

「佐久間、大丈夫か⁉」

すぐに真琴と先生が来てくれた。

体育の先生は、三十代前半の男の人で、清春のクラスの担任でもある。

「すみません、足を挫いたみたいで……」

右足首がズキズキ痛い。

「捻挫《ねんざ》かもね。陽菜、保健室行こ」

「佐久間、歩けるか？」

「はい、大丈夫です。……わっ」

立ち上がろうとしたけど、バランスを崩してふらついた。

いつの間にか周りに生徒が集まっている。

「なんかあったの？」

「佐久間さんが足挫いたって。歩けないかもって話してる」

うまく立てない私を、先生が心配そうに見ている。

「立つのは無理か？　うーん、それなら先生が担いで――」

「俺が保健室まで運びます」

人だかりから声がした。

私の前にまっすぐ歩いて来たのは、清春だった。

びっくりして、痛みがどこかへ飛んでいく。

え、なに？　どういうこと？

清春が、私を運ぶ？

「え、鷲尾くん？」

いつもはクールな清春が突然名乗り出たから、先生も驚いたらしい。だけど私と清春の顔を交互に見たあとで、なぜかほんわかと笑った。

「そうか、それなら頼もうかな」

先生、絶対勘違いしてる……！

先生は清春の担任だから、私たちが夫婦だということも知っている。だから清春の行動は、ごく当たり前に見えたのかも。

清春が、私を軽々とお姫さま抱っこした。

「わっ」

思わず、清春の肩に両腕を回す。

思った以上にがっしりとした感触にドキリとした。

先生は、『やっぱり仲良しだったんだな～』なんて声が聞こえてきそうなニコニコ顔で、私たちを見つめている。

違う！　先生、この状況は普通じゃないの！

心の中で叫んでも、先生には伝わるはずもなく。

清春は、私を抱いたまま歩き出した。

「きゃあああっ！」

女子たちの悲鳴が背中から聞こえる。

「やば！　鷲尾くん、かっこいい！」

「私も足挫けばよかったぁ」

私は混乱しながら、なるべく体の距離を取りつつ、清春に身を任せた。

昇降口から校舎に入っていく清春。

授業中の校舎内はしんとしている。

静かすぎて、余計に緊張してきた……。

耐えられなくなった私は、おずおずと清春に話しかける。

「……重くない？」

「重くない。ていうか軽すぎだろ」

こんなに私に優しくしてくれる清春は、やっぱりどこかおかしい。

薬品の匂いがする保健室にたどり着く。

清春が、私をベッドに座らせてくれた。

「先生、いないね」

「とりあえず冷やすから、靴下脱いで」

「え？　でも」

清春、授業に戻らなくていいのかな……？

「早くしないとひどくなるぞ」

「……分かった」

紺色の靴下を脱ぐと、腫れた足首が見えた。

清春が氷嚢《ひょうのう》を見つけ、冷凍庫から出した氷を入れて、足首に当ててくれた。

ふたりきりの保健室に沈黙が落ちる。

怖いくらい静かだった。

ベッドに座っている私と、その前に膝をついている清春。

清春が私を手当てしてるなんて、嘘みたい。

「……あの、聞いた？　その、離婚のこと」

ここぞとばかりに聞いてみる。

私たちは、一応結婚してる。それなのに、話し合わないうちに離婚が決まった。

私は納得してるし、清春も絶対にそう。

だとしても、さすがに少しくらい話しておいた方がいいよね。

『聞いたよ、よかったよな』――そんな返事を予想していた。

だけど、どんなに待っても返事がない。どうやら、無視されたらしい。

無視って……！

予想以上の塩対応に、ショックを通り越して呆れた気持ちになっていると。

「今日、あれ行くのかよ」

私の足首を見つめながら、清春が言う。

「あれって？」

ていうか、会話になってないんですけど……。

「カラオケ」

「……からおけ？」

ものすごく場違いな、間抜けな声が出た。

すると清春が、なぜか怒ったような口調になる。

「この間食堂で話してただろ？　今日、大勢でカラオケ行くって」

食堂での真琴との会話、聞かれてたみたい。

しかも正確な日付まで覚えてるなんて、絶対に真琴の声が大きいせいだ。

「うん。約束したし、たぶん行く」

「……ふうん」

短く返事だけして、清春はまた黙ってしまった。

なんだか気まずい。

耐えられなくなった私は、なるべく明るい声で言う。

「もうひとりで大丈夫だから、授業に戻――」

「――お前、カラオケ行ったことあるの？」

かぶせ気味に声を遮られた。

「……ないよ」

「ないのに、行っても大丈夫なのかよ」

あ、なるほど。

清春はたぶん、私が音痴だと思っているんだろう。子供の頃、ふたりで〝かえるのうた〟を輪唱したとき、いつも私のテンポがズレるって呆れてたっけ。

そんなことを思い出し、笑いそうになる。

「大丈夫。なるべく歌わないから」

「カラオケで歌わないって、じゃあ何するんだ？」

「うーん、友達と喋ったり？」

小首を傾げながら適当に返事をすると、清春はまた黙ってしまった。気まずいから、いちいち黙るのをやめてほしい。

「……清春、もういいよ。授業に戻って」

清春はやっぱり何も答えない。私のそばから動こうともしない。

結局、保健室の先生が戻ってくるまでの約三十分、足首を冷やし続けてくれた。

おかげで腫れは完全に引いて、痛みも消えた。

清春とこんなにも長い時間一緒の部屋にいたのは、いつぶりだっけ？

「……ありがとう」

先生に足首を処置してもらいながら、保健室を出ようとしている清春の背中に声をかける。

清春はそのときだけ、「ああ」とひとこと答えてくれた。

昔よりたくましくなった体操服の背中が、ドアの向こうに消えていく。

清春が冷やしてくれた足首は、すっかり冷えて感覚がなくなっているのに、なぜか不思議とあったかかった。

＊＊清春＊＊

「やっぱ、清春いてくれたら客の入りが違うわね」

午後七時。

客足がいったん途絶えたところで、食洗器から出した皿を拭いている俺の隣に、珠里《しゅり》さんが並んだ。

珠里さんは俺の叔母、つまり母さんの妹だ。

気が強そうな顔をしていて、腰まで伸びた黒髪をひとつに結んでいる。三十代後半なのに、二十代前半に見えると言われるのが自慢とか。170センチの高身長で、若い頃はモデルをしていたらしい。

さっぱりして、物怖じしない性格。お嬢様タイプの母さんとは、真逆だった。

　ちなみに仏か？というレベルで穏やかな夫がいる。

「俺、今日はあんまり表出てないけど」

「それでも、いるといないじゃ違うわ〜。清春がイギリス行ってる間、このカフェ、だいぶ売り上げ落ちたんだから！　マジで帰ってきてくれてありがとう！」

　珠里さんに頭をぐしゃっとされる。

　子供のときからの、俺をからかうときの彼女のクセだ。

　俺はカウンター越しに客席を見る。真っ白なインテリアで統一された店内は、女性客でいっぱいだった。

「それ、たぶん俺関係ない。客が来るのは、珠里さんが作ったこの店が魅力的だからだよ」

　ここCAFE《カフェ》 Bijoux《ビジュー》は、珠里さんがオーナーをしているカフェだ。

Bijouxとはフランス語で宝石という意味で、名前どおり、キラキラ感満載のメニューが売りだった。

　飴細工を星屑のように散らしたウィンナーコーヒー、花の形のチョコレートで飾られたカラフルなケーキ、フルーツやジュレをこれでもかというほど盛った名物・

ジュエルパフェ。

珠里さんは姉御《あねご》っぽい見かけとは違って、子供の頃からキラキラした女子力高めのものが好きだったらしく、二年前に念願かなってこのカフェをオープンした。

ちなみにコスチュームは、まるで執事みたいな、黒の蝶ネクタイに黒のカフェエプロンだ。

女子が夢見る世界、というこの店のコンセプトに合わせたらしい。

珠里さんが眉をしかめる。

「うれしいこと言ってくれるけど、あんた相変わらず鈍いわね。そんなんで、奥さんとうまくやってんの？」

珠里さんのそのひと言に、腹を殴られたみたいになる。

うまくいってるどころか、離婚が決まったばかりだとは言えない。

「不安にさせてばかりいたら、ほかの男にとられちゃうわよ〜」

茶化され、急に焦った。

陽菜の友達がカラオケに人を呼ぶと言っていたけど、あのかんじ、絶対男だろ。

こうしている今も、陽菜が男といると思うと、頭がおかしくなりそうだ。

そもそもあいつ、昼に挫いた足は大丈夫なのか？

「――珠里さん。俺、今日八時で上がっていい？」

「え？　閉店までいてよ。あんたいたら売り上げが――」

「頼む。大事な用事なんだ」

真剣に言うと、珠里さんが考えるような顔をした。

やがて「仕方ないわね」とまた頭をぐしゃっとされる。

深くは聞いてこないところが珠里さんらしい。

「売り上げ落ちるけど、かわいい甥っ子のためだし許す」


陽菜のことを好きになったのは、まだほんの子供の頃だった。

両親がアメリカに行き、ひとり日本に取り残された俺は、いつも孤独だった。

じいちゃんはほとんど家にいなくて、お手伝いさんも時間になったらさっさと帰ってしまう。

寂しかったけど、本音を隠していい子を演じていた。

寂しいなんて言ったら両親に迷惑がられて、今度こそ捨てられるんじゃないかと不安だったんだ。

誰かに甘えたい本当の俺は行き場をなくし、心の底で枯れかけていた。

──『いい子、いい子、とってもいい子』

初めて陽菜に頭を撫でられたとき、久しぶりに、泣きそうになった。

陽菜の小さな手は、信じられないほど温かくて優しくて。

枯れかけた俺の心を、生き返らせてくれた。

両親に会えない寂しさも、本音を隠すつらさも、その手がすべて包み込んでくれた。

孤独な俺の世界に降り注ぐ、陽だまりみたいな女の子。

陽菜はかわいい。

黒目がちの目も、小ぶりな鼻も、笑うと小さなえくぼができる右頬も、ぜんぶたまらなくかわいい。

陽菜が好きだ。

こんなにも好きな女の子と将来結婚できるなんて、夢みたいだった。

陽菜との関係がギクシャクし始めたのは、高一の夏だ。

通りすがりの男子の会話を耳にしたのがきっかけだった。

『松木《まつき》、この間好きな女子に告ったらしいよ』

『マジ？　誰？』

『三組の佐久間陽菜』

『ああ、佐久間？　あの子、よく見るとかわいいよな』

その瞬間、心の中が、嵐が吹き荒れたように激しくざわついた。

陽菜がどんな返事をしたのか、気が気じゃなかった。

そして俺の部屋に入ってきた陽菜を、勢い余って押し倒してしまう。

あのときの俺は動転していて、理性を失っていた。

だけど。

『……いやっ！』

激しく抵抗されて、あっという間に目を覚ます。

陽菜は俺の婚約者だから、俺が陽菜を好きなように、陽菜も俺のことを好きなんだと思っていた。

それなのに陽菜は、涙目になってまで俺を拒絶している。

もしかして、陽菜は俺のことが好きじゃない？

好きじゃないけど、じいちゃんに言われたから仕方なく結婚するだけ？

ショックだった。

それ以降、陽菜にどう接していいか分からなくなった。

陽菜の本音を知ってしまうのが怖くて、気づけばとことん陽菜を避けていた。

どうでもいいやつには優しくできるのに、陽菜にだけは優しくできなかった。

このままでいいわけがないと思いつつも、どうにもできなくて。

結婚して俺のマンションに陽菜が引っ越してきてからも、俺は陽菜から逃げ続けた。

わざと登校時間をずらして会わないようにし、珠里さんのカフェでバイトを始めて帰宅時間を遅らせる日々。

だけどバカな俺は、まさか陽菜が俺のそばからいなくなるなんて、思ってもいなかったんだ。

後悔ばかりが、狂いそうなほど胸に押し寄せる。

——『不安にさせてばかりいたら、ほかの男にとられちゃうよ～』

珠里さんの声が、繰り返し頭の中で鳴っていた。

「そんなの、許すわけないだろ」

カフェを出た俺は、無我夢中で夜の街を走っていた。

二章　同級生夫の様子がおかしい

「真琴ちゃんみたいなの、俺超タイプ。かわいいし気も利くし、最高じゃん」

「え〜、鎌谷《かまたに》もタイプ？　俺もいいなって思ってたけど、じゃあ、あきらめるしかねえな」

「えっ、もしかして私モテ期きてる？　やだ〜」

……私は何を見せられているんだろう。

向かいの席で男子ふたりとキャッキャッしている真琴を見ながら、冷めた気持ちで、ウーロン茶をズズッとストローですすり上げた。

ていうかナニコレ。カラオケっていうか合コン？

私、明らかに浮いてるんですけど。

子供の頃から婚約者がいた私は、なるべく男の子を避けて生きてきた。別にそこまでしなくてもよかったのかもしれないけど、そういうものだと思い込んでいた。

仲のいい男友達もいない。

なぜか告白されたことがあるけど、もちろん速攻で断った。

だから、真琴が呼んだのが男子だと知ってすぐ、回れ右して帰ろうとした。

だけど真琴に首根っこをつかまれて引き留められ、今に至る。

普通の子みたいに高校生らしいことを経験しろっていう、真琴なりの気遣いみたい。

でも、やっぱり無理。

話しかけられてもつまらない返事しかできなくて、結果、こうして浮いてしまっている。

ああ、もう帰りたい……。

氷だけになってしまったウーロン茶が、ストローで吸えなくなったとき。

「ねえ、どうして誰にも話しかけないの？」

真琴が隣に移動してきた。

「男子と何話したらいいか分からない。帰りたい」

「はあ？　そんなんで大丈夫？　今どき男が苦手とかやばいよ？　社会人としてやってけないよ？」

ううっと返答に詰まる。

たしかにそれは困る。

私はもう、この先結婚なんて考えていない。結婚なんてこりごりだ。

大学を出たら就職して、一生ひとりで生きていくつもりだった。

会社には男の人だっているし、こんなんじゃたぶん、やっていけない。

「たしかに、おっしゃるとおりで……」

「とにかく練習してみたら？　ほら、あの人ならいけるんじゃない？」

真琴が、ひとりで黙々とピザを食べている男子の方を見た。

細身で、栗色のサラサラの髪。濃紺のズボンにえんじ色のネクタイの制服。

ほかのふたりの男子とは違って、見るからに真面目そう。

そして私と同じで、浮いてしまっている。

「真琴ちゃーん。早く戻ってきて～！」

「ねえ、次これ歌ってよ～」

「はいはーい！　ちょっと待ってね」

男子ふたりに呼ばれ、真琴が立ち上がる。

それから「絶対声かけるのよ！」と私に念を押して、離れていった。

私は小さくため息を吐くと、しぶしぶピザを食べている彼の隣に行く。

「……あの、ここいい？」

おそるおそる話しかけると、彼がパッと顔を上げた。

「えっ？　あっ、うん！　もちろんだよ！」

分かりやすくテンパりながらも、腰をずらし、私の座るスペースを作ってくれる彼。なるべく距離を開けてそこに座る。

「あ、僕、K高の三年で安藤《あんどう》って言います」

「Y学の三年の佐久間です。安藤くんは、どっちかの知り合い？」

真琴と一緒にいるふたりの男子を見ながら聞く。

ちなみにひとりは私と同じY学で、鎌谷くんというらしい。茶色の短髪にタレ目、制服の着崩し方が絶妙にオシャレだ。

もうひとりの黒髪の人は、安藤くんと同じ制服を着ているから、K高だろう。

「そう。あそこにいる同じクラスの三崎《みさき》くんに誘われて来たんだ。三崎くんは、鎌谷くんと仲いいみたい」

「へえ、そうなんだ」

ずっとおどおどしっぱなしの安藤くん。

彼も私と同じで、異性に慣れていないみたい。

なんだか親近感が生まれる。

「あの……佐久間さんの趣味はなに？」

「趣味？　料理かな」

「あ、僕も料理好きなんだ。お弁当も、毎日自分で作ってるし。ほら、これ昨日作ったやつ」

安藤くんが、スマホで写真を見せてくる。ベテラン主婦が作ったような、色鮮やかな三食弁当だった。炒り卵にそぼろにほうれん草、あとは漬物。まげわっぱのお弁当箱にもこだわりを感じる。

「わ、すごい！　おいしそう！」

気がついたら、いつの間にか、普通に安藤くんとの会話を楽しんでいた。

「ポテトサラダに練乳入れたら、本当においしいんだ」

「へえ、それは知らなかった。お酢なら知ってたけど。今度やってみるね」

おすすめの隠し味情報を教え合おうという話になり、連絡先まで交換する。

同じ趣味仲間に会えてうれしい。

安藤くんとすっかり意気投合していると、向かいにいる真琴が、グッジョブというように親指を上げた。

そこで、カラオケルームのドアが開く。

「あ～、やっと着いた！」

入って来たのは、Y学の制服を着た、金髪の男子だった。ヘーゼル色の目に二重のアイドル顔、ゆるっとした雰囲気。

「おせーよ、恭介《きょうすけ》」

鎌谷くんが言う。

「ごめんごめん、逆ナンされてて遅れた」

「何だよそれ、自慢かよ」

恭介と呼ばれた彼が、カラオケルーム内を見渡している。

「なになに、ピザ食べてんの？　うまそーじゃん」

テーブルに近づき、ピザを口に放り込む彼。

私とばっちり目が合うと、彼が「あっ！」と声を上げた。

その瞬間、私も彼のことを思い出す。

去年転校してきた人だ。

転校初日、廊下で迷っていた彼を、職員室まで案内したんだっけ。

五組の——名前はたしか柏木《かしわぎ》くん。

柏木くんがニカッと笑みを浮かべ、安藤くんとは反対の私の隣に座ってきた。

「二組の佐久間さんじゃん。転校してきた日、俺のこと案内してくれたよね？　覚えてる？」

「あ、うん。覚えてる」

「まじ⁉　うれしーなー。あれからずっと、佐久間さんと話したいって思ってたんだよね」

「恭介、もう佐久間さん口説いてんの？　相変わらず軽いな～」

鎌谷くんが、真琴の肩を抱きながら茶化してくる。

「佐久間さんには本気だよ、俺。タイプだし」

本気かどうか分からない、軽い口調で答える柏木くん。

こういうタイプの人、すごく苦手……。

困ったように彼の金髪を見ていると。

「あ、これ地毛だから。俺クウォーターなんだよね。金髪のじいちゃんの血が色濃く出てきたみたいでさ。ヤンキーじゃないから安心して」

「いや、別にそんなことを思ったわけじゃなくて……」

本当は、ちょっとだけ思ったけど。

帰国子女とは聞いてたけど、クウォーターだとは知らなかった。

安藤くんは、自分とは真逆のキャラの登場に戸惑ったのか、黙り込んでいる。

柏木くんが、まじまじと私の顔を見つめてきた。

「佐久間さん、かわいいって言われるでしょ？」

うわ、ほんとめんどくさい。

「……言われない。かわいくないって、はっきり言われたことあるし」

「えっ誰に？　男？　女？」

「女の子」

「あーなるほど、そういうことね。やだー、女子ってコワイ」

怯えるようなポーズをとる柏木くんのテンションに、ついていけない。

助けて、と真琴に目で訴えたけど、まるで親が子を見守るような、生暖かい視線を返された。

男慣れするまたとない機会、とでも思ってるみたい。

柏木くんはそれからも、私の隣から動かなかった。

彼が来たとたんにカラオケは大いに盛り上がって、コミュ力の高さを見せつけられる。

「はあー、疲れた」

ようやくお開きになり、店の前でみんなと別れた。

慣れないことをしたせいで、疲労がハンパない。

しかもカラオケの途中から、昼に捻った右足首がまた痛くなっていた。

清春が冷やしてくれたおかげでよくなっていたのに……。

「陽菜ちゃん」

背中から声がした。

さっき別れたばかりの柏木くんだった。

「柏木くん？」

「やっほう」

「あれ？　家あっちって言ってなかった？」

「うん。あっちだけど、陽菜ちゃんのこと追いかけてきた」

人懐っこい笑みを浮かべる柏木くん。

いつの間にか、〝佐久間さん〟呼びから〝陽菜ちゃん〟呼びに変わっている。

チャラ男の距離の詰め方、恐るべし。

「ねえ、連絡先教えてよ」

柏木くんが、ポケットからスマホを取り出す。

「陽菜ちゃんのためなら、俺、いつでも駆けつけるから」

ちょっと話しただけのうすーい関係でよくそんなことが言えるな、と心の中でツッコんだ。

でも安藤くんとも交換したし、柏木くんだけ断るのは失礼だ。

それに挫いた足首が本気で痛くなってきたから、早く帰りたい。

「……分かった、いいよ」

痛みをこらえつつ、スカートのポケットからスマホを取り出そうとしたときだった。

突然、後ろからガシッとその手をつかまれ、びっくりして振り返る。

ネオンが光る夜の駅前の景色の中に、清春がいた。

前髪が乱れていて、息も荒い。

「え、なんで……？」

「こんなところで、何してんの？」

清春が言う。

「あれ？　有名人の鷲尾清春じゃん」

相変わらず軽い調子の柏木くんを、清春が鋭い目で睨んだ。

「あ？　おまえ、誰？」

こんなに凄んだ清春を見るのは初めてだ。

今の今までテンション高かった柏木くんも、清春の剣幕に驚いたようで、ポカンとしている。

「行くぞ」

「ちょっと……！」

抵抗しようとしたけど、やや強引に手を引かれた。

柏木くんが、我に返ったように声を上げる。

「やめろよ、鷲尾。嫌がってんじゃん」

「──夫婦のことに口出しすんな」

清春が低い声で言った。

「は？　ふうふって？」

きょとんとした柏木くんをその場に残し、清春が私を連れて歩き出す。

「清春」

「……」

「ちょっと、清春！」

清春がようやく手を離してくれたのは、もといた場所からだいぶ遠ざかってからだった。

「さっきの何？　結婚してることは、秘密にする約束でしょ？」

学校生活に支障が出るから、信頼できる人にしか言わない──結婚をするとき、そう約束したはず。

「そんなの忘れた」

「はあっ？」

約束をなかったことにするってこと？

ていうか半年で離婚するこの状況で、なぜ堂々と夫婦宣言なんかする？

そもそも、どうして清春がここにいるの？

戸惑っていると、清春が私に背中を向けてしゃがんだ。

「何やってるの？」

「乗れよ。おんぶするから」

「え、どうして」

「足痛いの、我慢してるんだろ？」

ドクンと心臓が跳ねる。

清春以外は、誰も気づかなかったのに……。

心がザワザワして、落ち着かなくなる。

「……でも、おんぶはさすがに悪いから」

「いいから乗って」

強めの口調で言われ、結局私は、清春におんぶされることになった。

ヘッドライトを灯した車が行き交う車道沿いの歩道を、私をおんぶして歩く清春。

清春の体は、見た目よりもがっしりしていた。
白いシャツの背中が、汗で湿っている。
もしかして、私のこと、必死になって捜してた？
……そんなわけないよね。
たまたま会っただけに決まってる。
連れていかれたのは、今は清春がひとりで暮らしている、あのマンションだった。
ここに来るのは、荷物をまとめて出ていった、あの日以来。
五十二階建て高層マンションの３ＬＤＫは、高校生がひとりで住むには贅沢だ。
清春は私をおんぶしたままオートロックを器用に解除して、エレベーターに乗った。
最上階にある部屋の玄関に着いてから、ようやく床に降ろされる。
おずおずと中に入った。
「そこ座って」
清春に言われて黒のＬ字型ソファーに座ると、清春は私の足首に湿布を貼ってくれた。

「……ありがとう」

清春がどうしてこんなに優しくしてくるのか、分からなくて怖いけど――うれしかった。

テレビの横にある棚の上に、小さな器が、大事そうに置かれている。私のおじいちゃんの作品だ。

興三郎さんに贈ったもので、形見として、清春が譲り受けたらしい。

青みがかった漆黒の器は、左右対称のきれいな形をしていた。この器を見るたびに、『清春みたい』と思ったことを思い出す。

色から完璧な形まで、彼そのもののよう。

なんだか、部屋全体に生活感がない。

きれいに片づいた、ガラス天板のダイニングテーブル。

清春はいつも帰りが遅かったから、夕食はラップをして、このテーブルに並べていた。

翌朝には、『ごちそうさま』とでも言うように、洗った食器が水切りラックに置いてあったっけ。

それだけが、私たち夫婦の繋がりだった。

数えるほどだけど、清春と一緒にご飯を食べたこともある。

肉じゃがを出すと、いつも塩対応なのに、「うまっ」と声を上げていた。

すぐに、『しまった』というように目を泳がせていたけど……。

料理を褒められたのがうれしくて思わず笑ったら、清春が困ったように私を見て、少しだけほんわかした空気が流れて——。

結婚生活とはいえないような同居生活でも、ちゃんといい思い出があったみたい。

とにかく清春は私が嫌いだけど、私の作るご飯は好きだったんだと思う。

「……清春、ご飯食べたの？」

「まだ」

「じゃあ、なんか作ってもいい？」

清春が驚いたように私を見た。

「足の手当てしてくれたお礼」

私が清春にできることなんて、これくらいだから。

「……うん、じゃあ」

目は逸らされたけど、嫌がってはいないみたい。

冷蔵庫を開けると、意外にもたくさん食材が入っている。

「清春、料理してるの？」

「してない」

「じゃあ、なんでこんなに買い込んでるの？」

「たぶん、ハウスキーパーさんが買いだめしたんだと思う」

「ハウスキーパーさん？」

「ああ、親が勝手に頼んだんだ」

ハウスキーパーさんを雇うなんて、やっぱりセレブだなあ。

「そうなんだ……。あ、何食べたい？」

「肉じゃが」

恥ずかしそうにしながらも、清春が速答した。

「分かった。すぐ作るから、待ってて」

どんなに忙しくても、和食を作る前には昆布と鰹《かつお》から出汁をとるのが、私のこだわりだ。

材料を炒めて煮込み、絹さやで飾りつける。

ついでに春雨サラダも作った。材料はハムとみょうがときゅうり。

「いただきます」

食卓に並んだ料理を前に、きれいな所作《しょさ》で合掌《がっしょう》をする清春。

いつもポーカーフェイスな清春が分かりやすく表情を輝かせ、肉じゃがを食べている。

なんか、子供みたい。そんな彼から、目が離せなかった。

清春のこんな顔を見たの、久しぶりだ。

私の料理を、いつもこんな顔で食べてくれたのかな？

想像したら、無性に胸がドキドキした。

「陽菜の肉じゃが、マジでうまい」

「え？　ありがとう……」

今、〝陽菜〟って呼ばれた？

清春が私のことを名前で呼ばなくなって、だいぶ経つ。

『お前』とか『おい』という呼ばれ方に慣れてしまっていたので、びっくりした。

そもそも、呼ばれることなんかめったになかったけど……。

「お前は食べないの？」

「私はいい。さっきカラオケでピザ食べたから」

なぜかむっとした顔をする清春。

「……カラオケ、どうだった？」

「結局歌ってないの。だから心配しなくても大丈夫」

「歌ってないって、じゃあ何してたんだ？」

「男の子と喋ってた」

「は？」

清春の顔が、あからさまに不機嫌になる。

さっきまでの子供みたいな顔は、いったいどこに消えた？

清春の変わり具合に、背筋がヒヤリとした。

「真琴が、男の子に慣れた方がいいって言ってたし。だってほら、私はずっと、清春しか見てなかったから」

すると、清春が目を大きく見開いた。

端から見てもはっきり分かるほど、真っ赤になっている。

私はすぐ、自分のやらかしに気づいた。

『清春しか見てなかった』なんて。

婚約者という立場だったからって意味だったのに、清春のことがずっと好きだった、というふうに伝わってしまったのかもしれない。

顔にみるみる熱が集まっていく。

誤解を解きたいのに、言葉が出てこない。

気まずいような甘酸っぱいような空気が、食卓に流れる。

清春は食べ終わるまで、ずっと赤面していた。

「……ごちそうさま」

「あ、うん」

なんだかんだで、やっぱりきれいに完食してくれている。

うれしい。

清春が食器を流しに下げているとき、私のスマホが鳴った。

安藤くんからのメッセージだ。

《今日はありがとう！　ああいうの慣れてなくて、佐久間さんがいてくれてよかったよ》

《こちらこそありがとう。私も安藤くんがいてよかった》

続けて安藤くんは、過去に作った力作のお弁当写真を送ってきた。

人気のゆるキャラのキャラ弁だ。男子高校生がキャラ弁を作るって、すごすぎる。

頭上に影が差した。

いつの間にか、清春がすぐ隣にいる。

「誰と連絡取ってんの？　さっきの金髪のやつ？」

「ううん、違う。安藤くん」

「安藤くん？」

「そう、K高の人」

「へえ……」

そういえば柏木くんとは、結局連絡先を交換しなかった。

ちょっと悪いことをしたかな、と思っていると。

「なあ」

いつもより低めの清春の声がした。

顔が異様に近い。ていうか、いつの間にこんなに近づいた⁉

きれいな顔の中にあるブルーブラックの瞳が、間近から、私を咎《とが》めるように見ている。

「お前さ、俺たちがまだ結婚してること分かってんの？」

「もちろん分かってるけど……」

なにその、嫉妬してるみたいな反応。

そもそも、嫁を放置したのは清春の方じゃない。

それに清春こそ、毎日夜遅くに帰ってきたし、週末だっていなかった。

清春がどれほどモテるかを嫌になるくらい知っている私は、いつも悲しい気持ちになっていた。

――『陽菜ちゃんだけは絶対にない』

清春にはもしかしたら特別な誰かがいるんじゃないかって――ずっと思ってた。

でもそれを口にしたら、ますます面倒なやつと思われる気がして、言えなかった。

言える雰囲気でもなかった。

「陽菜」

泣きそうになっていると、今度はなぜか優しい声で呼ばれる。

私を映している彼の瞳が、見たこともないような熱を帯びていた。

じりじりと壁際に追い詰められる。

私を閉じ込めるように、壁に手をつく清春。

身長184センチの清春の腕の中は、まるで檻のようだった。

「男が知りたいなら、俺で知ればいいだろ。夫なんだから」

甘さを孕《はら》んだ低めの声、ゆっくりと瞬く長い睫毛。

離婚間近の夫がなぜか、私に壁ドンして、眩暈《めまい》がするほどの色気を放っている。

え、どういう状況⁉

心臓があり得ない速さでバクバク鳴っている。

私は慌てて、清春のきれいな顔から視線を逸らした。

「……清春、最近変だよ」

「変じゃない。これが素の俺だから。いや、まだ素の一割も出せてないけど」

何それ。

まるで、本当はずっとこうしたかったたって言っているみたいじゃない。

だけど。

──『もしかして一緒にいたら、清春くんが陽菜ちゃんのことを好きになると思ってる？　そんなのあり得ないよ。陽菜ちゃんだけは絶対にない』

過去の心の傷がよみがえる。

そっか、清春はまた私をからかうつもりなんだ。

だって清春が私を好きだなんて、あり得ないんだから。

好きだったら、あんなふうに何年も、冷たい態度を取り続けなかっただろうし。

ここで動揺したら、あのときみたいに、また面倒なやつと思われてしまう。

もうこれ以上、清春との関係を悪化させたくない。

夫婦じゃなくなっても、最低限のマシな関係でいたいんだ。

だから私は、全力で作り笑いを浮かべた。

それがきっと、清春が私に求めていることだから。

「そうだね、清春に教えてもらうのもいいかも」

すると清春が、ぐっと眉を寄せた。

あれ？　また失敗した？

もう、わけが分からない。

心臓が壊れそうだし、とにかく早く清春から離れたい。

隙をつき、清春の腕の中からスルリと抜け出すと、大急ぎでスクールバッグをつかんだ。

「そろそろ帰るね！　湿布貼ってくれてありがとう！」

不自然なほど明るい声を出し、リビングを去ろうとしたけど。

「ちょっと待て」

慌てたように手首をつかんで引き留められる。

「お前の家は、ここだろ？」

『何言ってんの？』——そんなふうに、冗談っぽく言い返そうとした。

だけど、清春の顔を見たとたん何も言えなくなる。

清春が、あまりにも悲しそうな顔をしていたから。

遠い昔、公園で、幸せそうな家族を見送っていたときの彼みたいな。

不覚にも心臓がぎゅっとなって、逃げるように顔を背けた。

「違う。帰る、帰りたい」

あえてきつく言う。

〝好き〟の感情がまたあふれてきそうで、怖かったんだ。

しばらく何かを考えてから、清春が私の手首をそっと離した。

「分かった。じゃあ、送っていく」

静かな声でそう答えた清春は、いつの間にか、無表情のいつもの彼に戻っていた。

＊＊清春＊＊

「ありがとう。じゃあね」

タクシーから降りた陽菜が、マンションのエントランスに入っていく。

七階建てのマンションの六階が、陽菜の実家だ。

去り際も、陽菜は俺といっさい目を合わせようとしなかった。

陽菜の姿が見えなくなってから、運転手に声をかける。

「俺もここで降ります」

支払いを済ませ、ひとりで夜道を歩いた。

陽菜の実家と俺のマンションは、歩けば三十分かかる。

それでも、帰りは歩きたい気分だった。

なるべく長い間、陽菜の近くにいたいから……なんて、自分でもきもいと思うけど、どうしようもない。


数時間前。

バイト先のカフェを出たあと、俺はカラオケ屋を片っ端から当たった。

五件目のカラオケ屋に向かう途中で、駅前の通りに立っている陽菜を見つける。

男と一緒にいるのを見て、死ぬほど焦った。

気づけば、さらうようにして家に連れ帰っていた。

――『男が知りたいなら、俺で知ればいいだろ。夫なんだから』

必死に迫ったけど、困ったように笑った陽菜には、俺の想いなんてまったく伝わっていないようで。

あのときのやるせない気持ちを思い出し、片手で髪をくしゃっとやる。

「あーくそ、なんなんだよ」

ぜんぶ、俺が悪いんだよな……。

俺は、正真正銘のバカだ。

夫婦という関係にあぐらをかいて、陽菜は俺から絶対に離れていかないと思い込んでいた。だから気持ちとは裏腹に、素っ気ない態度を取り続けた。

どんなに悔やんでも悔やみきれない。

そしてあんな態度を取り続けたせいか、必死に迫っても、陽菜には俺の本気が伝わらない。

俺との離婚をあっさり受け入れている様子に、何度も何度も胸をえぐられる。

――『不安にさせてばかりいたら、ほかの男にとられちゃうよ～』

珠里さんの声が、また俺の胸にグサッと刺さった。

部屋に戻ると、急に寂しくなった。

さっきまで陽菜がいたのに、今はもういない。陽菜が作ってくれた肉じゃがの匂いがまだあたりに残っていて、寂しさが増した。

寝室に行き、ドサッとベッドにダイブする。

サイドテーブルに置いた写真をぼんやりと眺めた。

入院中のじいちゃんに見せるために撮った、陽菜と俺の結婚写真だ。

タキシード姿の俺の隣に立つ、ウェディングドレス姿の陽菜。

髪をアップスタイルにして、うっすら化粧をして、はにかむように微笑んでいる。

いつまでも見ていたいほどかわいい。

陽菜のあまりのかわいさに緊張して、俺の表情がいつも以上に固くなっている。

カメラマンに、『奥さん』『旦那さん』と呼ばれ、にやけるのを全力でこらえていたせいもあるだろう。

結婚式はしないでいいと陽菜が言ったので、とりあえず高校を出てから考えよう、という話になっている。

つまり、後にも先にも、夫婦らしいことをしたのはこの写真を撮影したときだけだ。

俺の隣に立つ陽菜を、じっと見つめる。

ずっとそうだった。

どんなに冷たくしても、心だけはずっと隣にいるつもりだった。

でもそんなの、伝わるわけないよな……。

俺たちが離婚するまで、あと半年。

それまでに、俺は陽菜を取り戻すことができるだろうか？

三章　「ずっと好きだった」

──『男が知りたいなら、俺で知ればいいだろ。夫なんだから』
──『変じゃない。これが素の俺だから。いや、まだ素の一割も出せてないけど』
──『お前の家は、ここだろ？』
清春がいよいよおかしい。冗談だとしても今さらだ。
とにかく心臓が持たないし、虚しくなるだけだから、本気でやめてほしい。

「陽菜ちゃーん！」

朝、学校の廊下を歩いていると、後ろから大声で名前を呼ばれた。

うちの学校では明らかに浮いている金髪。柏木くんだ。

「おはよ～、早いね！」

「おはよう。柏木くんこそ、早くに来るんだね、意外」

「俺、学校大好きだから。ところで昨日は楽しかったね！　あ、今日はポニーテール？　へえ～、なんで？」

白いシュシュで結んだ私の髪を、ヘーゼル色の目を瞬《しばた》いて、まじまじと眺める柏木くん。

「起きたら髪がボサボサだったから、結んでみたの。変かな？」

それもこれも、様子のおかしい清春のことばかり考えて、お風呂上がりにドライヤーをするのを忘れてしまったせい。

「ぜんぜん変じゃない、似合ってるよ！　ポニーテールっていいよね、俺は好きだな～」

柏木くんのチャラ男キャラは、朝から順調だ。

「恭介、おはよ～」

「柏木くん、今日も元気だね！」

そんな柏木くんに、廊下を行く生徒たちが、口々に声をかけている。

柏木くんは人気者のようだ。

昨日はちょっとめんどくさい人と思ったけど、ある意味接しやすい。

そういえば男の子が苦手な私でも、柏木くんとは問題なく話せている。

安藤くんとも仲良くなれたし、真琴のおかげで男の子に免疫がついたのかも。

「じゃあ、またね」

「あ、待って」

二組の教室の前で別れようとしたら、柏木くんに呼び止められた。

ぐいっと顔を寄せられ、耳もとでささやかれる。

「ていうかさ、なんで鷲尾が陽菜ちゃんのことさらってったの？　夫婦ってなに？」

そうだった！

いろいろあってすっかり忘れていたけど、昨日清春が柏木くんに、余計なことを言ったんだった！

細かいことは気にしないような顔して、しっかり覚えているタイプの人らしい。

ワクワクした顔をしている柏木くんを見つめながら、考える。

あの鷲尾清春と恐れ多くも夫婦してます、なんて。……絶対に言えない。

とりあえず、しらばっくれることにした。

「〝ふうふ〟？　〝とうふ〟の聞き間違いじゃない？」

柏木くんが、変な顔をする。

「とうふ？」

「そう、豆腐！」

深くツッコまれる前に勢いで押し切って、教室の中に逃げ込んだ。

これからも全力でしらばっくれなくちゃ。

ていうか、清春め。

気まぐれに夫婦宣言するとか、本当にやめてほしい。

放課後。

美化委員の集まりで、落ち葉掃除をするために、体育館裏に行った。

私は本当は図書委員なんだけど、美化委員の子が家の用事で忙しいとかで、代わりを頼まれた。頼まれたら断れない性格で、こういうことは今までもしょっちゅうある。

『陽菜が優しいから、つけこまれるんだって！　断りなよ！』

真琴にはいつもそう言われるけど、いざとなると引き受けてしまう。

押しの弱い自分には、ほとほと嫌気が差していた。

体育館裏に集合したのは、わずか三人。

どうやら来れる人だけ、というやつだったらしい。

それならそう言ってよ……と思いながらも、箒《ほうき》でせっせと落ち葉を掃いた。

一時間かけて作業をして、まとめた落ち葉はゴミ袋十袋にもなっていた。

だけど。

「ごめんなさい、先輩！　私、門限が早くて、どうしても帰らなきゃいけないんです！」

「ごめん、僕も塾。遅れたらまずいから、あとは任せていい？」

ほかのふたりが帰ってしまい、私はひとり、夕暮れの体育館裏に残された。

目の前には、大量のゴミ袋。

「……しょうがない。ひとりで運ぶか」

一度に運べないので、二袋ずつゴミ捨て場まで運ぶことにする。

つまり、五往復しないといけない。先は長そう。

こんなところを真琴に見られたら、また怒られそうだ。『美化委員でもないのに、何やってるの！』って。

でも引き受けた以上、放り出すわけにはいかない。

ふたつのゴミ袋を引きずるようにして運んでいると。

「何やってんの？」

後ろから声がした。振り返ると、まさかの清春がいた。

「ゴミ捨て。清春こそ、何してるの？」

「行くにはまだちょっと早いから、学校で時間潰してた」

行くにはまだちょっと早い？

誰かと約束でもしてるのかな……。

清春は私と一緒に住んでいるときも、いつも夜遅くに帰ってきていた。

女の子と会ってるんじゃないかって不安だったけど、聞く勇気はなくて。

そんなことを思い出して、「そっか」と気のないフリをする。

私にはもう、清春が誰と約束しようと関係ないんだから！

すると、ひょいっとゴミ袋を取り上げられた。

「あっ」

「俺が運ぶ。足挫いたばかりで無理するなよ」

「足はもう治ったの。清春が湿布貼ってくれたおかげで」

「ふうん」

そう答えた清春の顔が少しだけ照れているように見えたのは、きっと夕焼け空のせい。

「でも、また痛くなるかもしれないから、お前はそこにいろよ」

そう言って清春は、ゴミ捨て場に向かおうとする。

「あ、待って！　私も一緒に運ぶ。まだあと八袋あるの」

「八袋？　そんな大変な仕事、どうして陽菜がひとりで引き受けてんだよ。そもそもお前、美化委員じゃなくて図書委員だろ？」

「それは、どうしても断れなくて……」

おかしいことは、自分でも分かっている。

清春はそんなお人よしを通り越したバカな私に呆れて、また冷たくなってしまうかな。

「情けないよね。断ればいいのに」

笑って誤魔化して、自分を守ろうとした。清春に指摘されるより、先に自分で言った方が、ダメージが少ないから。

すると清春が、私の顔をじっと見つめ、はっきりと言った。

「情けないなんて思わない。陽菜のそういう責任感の強いところ、俺は尊敬してる」

驚いて目を見開く。

「子供の頃、毎週、絶対に俺のところに遊びに来てくれたところとか。一緒に住んでたとき、毎日ご飯作ってくれたところとか」

思いがけない言葉に、胸がドキドキした。

ああ、そっか。

清春は、私が責任を感じて、清春の家に遊びに行ったり、ご飯を作ったりしていたと思っているんだ。

もちろん責任も感じてたけど、それだけじゃない。

私は清春のことが好きだから、清春のためだったら頑張れたんだよ。

だから、それとこれとはちょっと違う。

今さら知られたところで、どうにもならないけど……。

でも清春が、そんなふうに私のことを考えてくれていたのはうれしい。

胸のドキドキが止まらない。

「……ありがとう」

清春と一緒にゴミ袋をぜんぶゴミ捨て場に運び終えたときには、空がうっすら暗くなっていた。

日暮れまで、あと少しだ。

「ありがとう、清春。助かったよ。時間、大丈夫？」

「今から行けば、ちょうどいいくらいだと思う」

やっぱり女の子のところかなと、また胸がズキンとした。

そこで、スカートのポケットに入れていたスマホが震える。

安藤くんからのメッセージだ。

《今日のお弁当》

女子に人気の猫キャラクターのキャラ弁の画像付きだった。

とてもじゃないけど、男子高校生が作ったお弁当には見えない。

《すごい、女子力高い！》

《佐久間さんにも今度作ってあげるよ！》

《え？　うれしいけど、かわいくて食べれないよ》

そんなやり取りをしていると、「おい」という清春の声がする。

不機嫌そうに私を見ていた。

「なに笑ってんだ？」

「え、笑ってた？」

急いで表情を引きしめる。

ひとりで笑っているところを見られていたなんて、恥ずかしい。

安藤くんとのやりとりを素早く終わらせ、スマホをスカートのポケットに戻した。

するとじっと私を見ていた清春が、とんでもないことを言ってきた。

「なあ。俺たちが夫婦ってこと、みんなに言っていい？」

「――へ？」

突然すぎて目が点になる。だけど清春の顔は本気だった。

「ていうかそもそも、どうして秘密にしたいなんて言った？　秘密にする必要なんかないんじゃないか？」

「それは清春が……」

「俺が、なに」

「私と結婚していることがバレたら、困ると思って」

私と清春じゃ、明らかに不釣り合いだから。

形式上は結婚してても、表面上では自由にしてあげたかった。

すると清春が、驚いたような顔をする。

「そんなこと思ってたの？　俺はてっきり、お前が知られたくないのかと思ってた」

たしかに清春と結婚していることがバレたら、私は学校の女子全員から反感を食らうだろう。それを考えてなかったわけじゃないけど、結婚を秘密にしたのは、あくまでも清春の名誉を守るため。

「じゃ、言っていいんだな。結婚してること」

「え？　でも今さらだし」

「今さらとか関係ねえよ」

「半年後に離婚するのに？」

そう言うと、清春が黙った。

どうして急に、そんな泣きそうな顔をするの？

また勘違いしそうになるから、やめてほしい。

切なさを感じる夕暮れの風が吹く。徐々に夜へと変わっていく、夕方の空。

このまま清春といたら、好きという気持ちが大きくなりそうで怖かった。

「じゃあ、私帰るね。手伝ってくれてありがとう！」

なるべく明るく言って、帰ろうとしたけど。

「陽菜！」

背中から声をかけられた。

無視するわけにもいかず、しぶしぶ彼を振り返る。

「……何？」

「その髪、似合ってる」

清春が、優しい目をして言った。

呼び止めてまで、ポニーテールを褒めてくれたの？

いつも塩対応だった彼のストレートな誉め言葉は、思った以上の破壊力で。

心臓がどうしようもないほどバクバク鳴って、火がついたように顔が赤くなる。

「あ、ありがとう……」

どうか、顔が赤くなっているのに気づかれていませんように。

そう願いながら、私は急いでその場から離れた。


日曜日は、興三郎さんの四十九日法要だった。

鷲尾家のお墓があるお寺で行われ、終わったあと、大広間で食事会が開かれた。

お茶を淹れたり、お酒を持ってきたり、私はひたすら動き回る。

もうすぐ鷲尾家と縁を切る立場としては気まずいので、忙しくしている方がだいぶ楽。

「清春はいい嫁を貰ったな～」

「じいちゃんに感謝しなきゃな」

私たちが離婚することなど知らない、鷲尾家の年配親族が、酔っ払いながらそんなことを言っている。

「ええ、本当にそうなの。家事も上手だし、安心して清春のことを任せているのよ」

朗らかに受け答えしている佐枝子さん。その隣で、勝則さんもうなずいている。清春には私よりもふさわしい家柄の嫁をあてがいたい——そういう理由で、私に離婚を持ちかけてきたくせに。

向かいの膳で、私の両親は困ったような笑みを浮かべていた。

突然決まった私たちの離婚を、ふたりとも受け入れている。

無理に結婚させておきながらあっさり離婚を言い渡すなんて、普通だったら親として抗議しそうなものだけど、そんな雰囲気もなかった。

清春はというと、さっきからずっと、黙って料理を口にしている。

清春は自分の両親の前では、いつも借りてきた猫のように大人しい。

「それにしても、興三郎じいさんが亡くなったなんて、今でも信じられないよ。年をとっても元気な人だったからなぁ。亡くなるなんて、想像もできなかったなぁ」

親族のおじさんが、ビールの入ったグラスを片手にしみじみと言った。

空いたお皿を片付けながら、私も興三郎さんのことを思い出す。

興三郎さんは、一度決めたことは何がなんでもやりとげる人だった。

裏表のない、子供のような人でもあった。

――『陽菜ちゃん、清春をよろしくな。嫁として支えてやってくれ』

――『陽菜ちゃんが我が家に来てくれたら安心だ。なにせあいつの孫なんだからな』

私は興三郎さんが好きだった。

孫の清春と同じくらい私をかわいがってくれたし、大事にしてくれた。

だから興三郎さんが亡くなってすぐに離婚が決まって、申し訳なく思ってる。

しんみりしつつ、食器をお盆に積み終えて立ち上がったとき、肩に手を置かれた。

「陽菜、少しは座れよ」

清春だった。

「大丈夫、動くの好きだから」

「でも、まったく食べてないだろ？　俺が代わるから食べろよ」

やや強引にお盆を奪い取られる。

「あら、清春。陽菜ちゃんは大丈夫って言ってるんだから、余計なことしなくていいのに」

佐枝子さんが、清春をたしなめた。

「……少しの間だけだから」

清春はやっぱり、自分の両親の前ではぎこちない。

いつもの圧倒的な存在感が消えてしまう。

「あら、清春くん。気が利くわね～」

「かわいい奥さんが心配なのね、優しい子だわ」

親戚のおばさんたちが、口々に清春を褒めた。

なんだかすごく恥ずかしい。

食事会が終わり、駐車場まで列席者たちを見送った。

にぎやかなおじさんおばさんたちが消え、ようやく静かになる。

残っているのは、私と清春、それから私の両親と清春の両親だけ。

お互いの両親が顔を合わせるのは、離婚が決まって初めてだ。

「本日はお忙しい中お越しくださり、本当にありがとうございました」

佐枝子さんが、私たち家族に向かって、丁寧にお辞儀をした。

「いえいえ。たいしてお役に立てず、申し訳ございません」

お父さんが、人のいい笑顔を浮かべる。

「特殊な状況ですから、陽菜ちゃんにいろいろしてもらって、申し訳なく思っていますのよ」

「そんなことをおっしゃらないでください。離婚の件でしたら、陽菜のワガママで決まったのですから。それにも関わらず良好な関係を続けてくださり、感謝しかございません」

お父さんの言葉に、私は耳を疑った。

お父さんの隣で、お母さんも申し訳なさそうにしている。

動揺していると、佐枝子さんと目が合った。

にこっとわざとらしいほどの笑顔を向けられ、私は気づいた。

——離婚は、私が言い出したことになっているんだ。

だから私の両親は、離婚が決まっても、何も言ってこなかったんだ。

清春の両親にとっては、私のせいにするのがベストだったんだろう。

一方的に離婚を要求したことが知られたら、うちの親もさすがにいい顔をしないだろうし、何より世間体が悪い。

清春もたぶん、離婚は私が望んだことだと思ってる。

「とんでもございませんわ。そもそも、本人の意思を無視して十八で結婚させるなんていう約束事の方がおかしいのですから。だから陽菜ちゃんは、何も悪くありませんのよ」

胸がモヤモヤする。

だけど私は感情を殺して、「すみません」とうつむいた。

佐枝子さんに従うのが一番だと思ったからだ。

私が真実を隠せば丸く収まるなら、それでいい。

みんなを無駄にヤキモキさせたくない。

「陽菜、どうかしたか？」

清春が、心配そうに聞いてくる。

動揺しているのがバレてしまったみたい。

「あ、ええと……」

「陽菜ちゃん、本当にごめんなさいね。清春との結婚、嫌だったんでしょ？」

佐枝子さんが会話に割り込んできた。

「この子、頼りないから。とりえは顔ぐらいよね」

ふふっと冗談めかして笑う佐枝子さん。

清春の表情が陰って、胸がざわついた。

「……そんなことは思いませんでした」

足の手当てしてくれたこと、ゴミ捨てを手伝ってくれたこと、法事中も気遣ってくれたこと。

たしかに私たちの結婚はうまくいっていなかったけど、清春を否定されたくはない。

遠く離れて暮らしている佐枝子さんはたぶん、本当の清春を知らない。

「清春くんが本当は優しいこと、分かってますから」

清春が、驚いたような顔をした。

「悪いのは清春くんじゃなくて──私なんです」

清春のことを好きになってしまったから。

清春の求めるような、形だけの結婚相手になれなかったから。

だから清春は私に冷たくなった。

それでも、彼のそばにいたいと思った。

「清春くんのこと、ちゃんと見てあげてください」

公園で悲しげな顔をしていた、子供の頃の清春を思い出す。

また、心臓がぎゅっとなった。

私はもう、清春の孤独に寄り添えない。

だからせめて、一番近くにいる両親に、本当の彼を知ってほしい。

「陽菜……」

清春のかすれた声がした。

佐枝子さんの顔から一瞬、笑顔が消える。だけどすぐに、またいつもの上品な笑みが浮かんだ。

「息子のことをそんなふうに言ってくれるなんて、本当にいい子ね。次に結婚する子もいい子だといいのだけど」

言葉に棘《とげ》があるのは、気のせいじゃないと思う。

ひりついた空気に慌てたように、お父さんが清春の両親に頭を下げた。

「では、私たちもそろそろお暇《いとま》します。本日はありがとうございました」

「こちらこそ、ご足労をおかけしました。日本にはあと一週間ほど滞在しますので、またお食事でも行きましょうね」

佐枝子さんが、形式的な挨拶を口にする。

私は両親と一緒に、駐車場の隅に停めていた車に乗った。

車が発車する。

浮かない気持ちのまま、ぼんやり窓の向こうを眺めた。

「あ……」

清春はまだ、さっきのところに立っていた。

佐枝子さんも勝則さんもお寺の方に引き返しているのに、ひとり残って、私たちの車を見送っている。

窓越しに彼と目が合った。秋の風に、清春の黒い前髪が揺れている。

焦がれるような視線に射ぬかれた。

ドクンと心臓が跳ねる。

どうしてそんな顔をするんだろう。

まるで、私が離れていくのを、寂しく思っているみたい。

またそんな勘違いをしそうになって、私は急いで清春から視線を逸らした。

頼むからもう、私の心を掻き乱さないでほしい。


「見て、鷲尾くん。今日もかっこいい〜」

「相変わらず顔面が天才だよね」

「年上の美人彼女がいるっていう噂マジ？」

ステンドグラスから色とりどりの光が降り注ぐ、渡り廊下。

清春は、今日も絶賛注目を浴びている。

当の本人は視線なんかまったく気にせず、友達の会話に相槌を打ったり、カフェオレのストローに口をつけたりしている。

昼休憩のたびに繰り広げられる、見慣れた光景だ。

その様子を遠目に眺めながら、私は真琴と渡り廊下を歩いていた。

すると、鎌谷くんと柏木くんにばったり出くわす。

今日も金髪が眩しい柏木くんが、いつもの人懐っこい笑みを浮かべた。

「陽菜ちゃん、やっほう」

「お、真琴じゃん」

鎌谷くんが、うれしそうに手を挙げた。

「隼人《はやと》〜」

急に声色を変えて鎌谷くんのもとへと駆け寄っていく真琴に、ぎょっとした。

「会えてうれしい♡」

「俺も。あれ、前髪切った？　似合ってるじゃん」

「ほんと？　イメチェンしてよかった〜♡」

この甘すぎる空気は、ひょっとして。

イチャイチャしているふたりをジトッと見つめていると、真琴が私に向かってにんまりした。

「あ、言ってなかったっけ？　私たち、昨日から付き合ってるの」

「やっぱり！　おめでとう！」

「へへっ、ありがとう」

そのままふたりは、ひっつき合うようにして渡り廊下の向こうに行ってしまった。

「真琴、今度はうまくいくといいな」

幸せそうな親友の背中を見送りながらつぶやく。

真琴は恋多き女だ。早くて三日、持って三ヶ月といったところ。

彼氏と別れるたびに元気をなくす真琴を見るのは、ちょっとつらい。

「鎌谷はああ見えて真面目だから、大丈夫なんじゃね？　真琴ちゃんのこと、本気っぽいし」

柏木くんが言う。

「だといいんだけど」

「ついでに俺たちも付き合っとく？」

軽い調子で振られ、あっという間に気が抜けた。

どんなときでも場の空気を無重力にしてしまうのが、柏木恭介という男だ。

「私にも、柏木くんのそのスキルがほしかった……」

だとしたら、昨日の法事でも、うまく立ち回れたのに。

ついカッとなって、佐枝子さんに反抗するような態度を取ってしまった。

柏木くんが、首を傾げる。

「なんで？　何かあった？」

「うん、ちょっとね」

——『清春くんのこと、ちゃんと見てあげてください』

どうして、あんなことを言ってしまったんだろう？

清春のことなんて、私にはもう関係ないのに。

「悩みなら話してみ？　俺けっこう女子の相談に乗るのうまいよ？」

柏木くんが、にへらと笑う。それからふと真面目な顔をした。

「それってさ、夫婦だとか豆腐だとかいう話と関係あるの？」

この人、まだ覚えていたんだ。そして案外鋭い。

ひえっと思っていると。

「陽菜」

頭上から声が降ってきた。

遠くにいたはずの清春が、なぜか後ろにいる。

「こっち来て」

ごく自然に手を握られ、私は面食らった。清春と手を繋いだのなんて、子供のとき以来だ。

　しかもここ、学校！

　女子たちの視線が、グサグサ刺さる。

「え、どうして」

「いいから」

　戸惑っていると、私と清春の間に、柏木くんがぐいっと割り込んできた。

「ごめんけど、陽菜ちゃんは今、俺と話してんの」

「——陽菜ちゃん？」

　清春の表情が、見たこともないほど険しい。

　思わず背筋が震えたけど、柏木くんはどこ吹く風というふうにニコニコしている。

　こんな状況でも怯まない柏木くん、すごすぎ。

　テンパっていると、清春が握った手にぎゅっと力を込めた。

「人の嫁の名前を気安く呼んでんじゃねぇよ」

　ささやくような声だったので、たぶん周りには聞こえていない。

　だけど柏木くんがわずかに目を見開いたのを見て、彼には聞こえたんだと分かった。

それから清春は私の手を引いて、まるで連れ去るように、柏木くんの前から離れた。

「え、なに？　どうして鷲尾くんが佐久間さんと手繋いでるの？」

「あのふたり最近仲いいって聞いたけど、本当だったんだ」

渡り廊下のそこかしこから、ヒソヒソ声がする。

ええっ、どうしてこんな状況になってるの⁉

繋いだ手を離そうとしても、清春の手の力が強くて、振りほどけない。

清春が何を考えているのか、さっぱり分からない。

まるで、柏木くんにヤキモチを妬いてるみたいで。

怒ったような顔、手のひらの熱さ、焦ったような足の速さ。

そんなすべてが、私のことを大切に思ってるみたいで……。

うぬぼれちゃ、ダメ！　そんなことあり得ないんだから！

そうは思っても、顔に自然と熱が集まっていく。

柏木くんの姿が完全に見えなくなると、清春はやっと手を離してくれた。

「清春、その……」

文句を言いたいのに、ドキドキして言葉が出ない。

すると清春が、ボソッとつぶやいた。

「ごめん。ほかの男といるとこ、黙って見てられなかった」

「え……？」

空耳だろうか？

清春が、バツが悪そうに下を向く。それから目線だけ上げて言った。

「昨日はありがとう。陽菜の言葉、うれしかった」

まっすぐな目にドキリとする。

そのままどこかに行ってしまう清春。

私は呆然としたまま、その場に立ち尽くしていた。

――昨日のこと、そんなふうに思ってたんだ。

思いがけず、心が温かくなる。

胸の高鳴りは、いつまでたっても消えなかった。

放課後になった。

昇降口で靴を履き替えていると、ヒソヒソという声が、あちこちから聞こえてくる。

昼休みの清春の連れ去り事件のせいで、注目を浴びてるみたい。

居心地悪いなあと思いながら、昇降口から外に出たとき、柱の陰からひょこっと柏木くんが顔を出した。

「やっほう、陽菜ちゃん。ちょっといい？」

どうやら待ち伏せされてたみたい。

「昼のあれ、なんだったの？　俺、めっちゃ気になってるんだけど。そろそろ話してくれるよね？　夫婦とか嫁とかってなんなの？」

「わ……っ！」

私は慌てて、柏木くんの口を手でふさいだ。

ただでさえ注目を浴びているのに、これ以上面倒なのはごめんだ。

「ひなひゃん、くりゅしい」

ふごふご喋りながらも、柏木くんはなぜかうれしそう。そんな彼を引きずるようにして、人のいない校舎裏に連れていく。

「柏木くんを信じてぜんぶ話すから。だからもう、余計なことは言わないで」

「だいじょうぶ。こう見えて俺、口固いから」

イマイチ信用できないけど、このましつこく詮索される方が面倒だ。

私は腹をくくって、柏木くんに清春との関係をすべて話した。

生まれついての婚約者だったこと。十八で籍を入れたこと。

そして、半年後に離婚すること。

「なるほど、そういうことね。それにしても凄まじい話だね。でもおもしろそ」

話を聞き終えた彼の感想は、やっぱり軽かった。

「あー、そっか。それで鷲尾があんな態度なのか。で、本当に離婚するの？」

「もちろん。もう決まったことだし」

すると柏木くんが、不思議そうに首をひねる。

「鷲尾は納得してるの？」

「納得してるに決まってるじゃない。あれだけ私のこと避けてたんだから」

「へーえ」

興味深げに私を見つめる柏木くん。

「たしかに、夫婦どころか知り合いでもないような距離感だったよね、今までは」

「とにかく秘密にしてね。周りに知られてもいいことないから」

「大丈夫、そこは安心して。それにしても、鷲尾って完璧人間なイメージだったけど、意外。小学生男子かよ」

「？　どういうこと？」

「もうちょっと楽しみたいから、詳しくは教えないー。とにかくあいつなんかより、俺の方が百倍いい男だよ」

「え、なんでそういう話になるの？」

「俺だったら、陽菜ちゃんを不安にさせたりしない。いつでも力になるから、俺が必要になったら教えて」

柏木くんがチャラ男モード全開で、バチッとウインクしてきた。

こうして不本意ながら、この学校で私と清春の関係を知っている生徒は、真琴と柏木くんのふたりになった。

ややこしいことにならなければいいけど……。

＊＊清春＊＊

学校が終わり、俺はバイト先のカフェに向かうために、いつもより早めに校門を出た。

月末の棚卸《たなおろし》の日なので、少し早めに入ってほしいと、珠里さんから連絡がきたからだ。

すると、待ち伏せていたかのように女子たちに囲まれる。

「鷲尾くん。ちょっと聞きたいことがあるんだけど、いい？」

面倒だな、という思いが顔に出てしまったのだろう。

俺を見た女子たちが一瞬怯んだけど、身を引く気配はない。

「なに？　急いでるから早くして」

「佐久間さんと付き合ってるの？」

真剣な顔で聞かれた。

「最近、佐久間さんとよく一緒にいるって噂になってるよ」

俺は憮然としたまま、彼女たちを眺める。

よく見ると、皆うっすらと見覚えがあった。

一度は俺を呼び出したことのある女子たちだ。たぶん。

『好きです』『付き合ってほしい』『彼女にしてほしい』

子供の頃から、うんざりするほど告白されてきた。

『俺、彼女いらないから』──そうやって、いつも角を立てないようにやり過ごしてきた。それなのにしつこくされた経験は、いくらでもある。

学校では俺たちの夫婦関係を隠そう、と言ったのは陽菜だった。

腑に落ちなかったけど、陽菜の嫌がることはしたくなかったから、俺は黙って従った。

『俺、彼女いらないから』──だから、必ずこう答えている。

嫁がいるから、彼女はいらない。

そういう意味だと知ってる子は、もちろんいないだろうけど。

本当は、声を大にして夫婦だと宣言したい。

そうすればきっと、陽菜に寄りつく男がいなくなるから。

カラオケに行ってからというもの、陽菜の周りには男がちらつくようになった。

正直、ものすごくイライラしている。

だけど陽菜にさんざん冷たい態度をとってきた俺に咎める権利はないし、陽菜をがっかりさせたくないから、ぐっとこらえている。

「佐久間さんなら、やめた方がいいよ。柏木くんともいい雰囲気みたいだし」

リーダーっぽい女子が言った。

——は？

柏木とは、金髪のあいつのことだ。

「さっきも、ふたりで歩いてるところ見たって子がいるし」

「鷲尾くんと噂になっておきながら柏木くんとも仲良くするなんて、おかしいと思う」

なんだ、これ。めんどくせえ。

よくそんなに他人のことに首を突っ込めるな、ほっとけよ。

胸の底から、怒りが湧いてくる。

柏木への嫉妬、好きな子を否定された苛立ち、陽菜に冷たくした後悔。

いろいろな感情が、俺の心を掻き乱す。

「佐久間さんとは、付き合ってないよ」

だって、嫁だから。

必死だった女子たちが、ホッとしたような顔になる。

「だけど、特別な存在だから、そんな言い方されたら気分が悪い」

怒りを胸に抱えたまま言い放つと、女子たちがいっせいに目を見開いた。

「これでいい？　じゃ、行かせて」

さっさと立ち去ろうとしたら「待って！」と呼び止められる。

さっきのリーダーっぽい子だった。

「本当なの？　だって佐久間さんと鷲尾くんじゃ、釣り合わないよ」

「──あ？」

急に輩《やから》みたいな声を出した俺にビビって、女子たちが固まっている。

「あのさ。どうして深く知りもしない他人のこと、そんなふうに言えるわけ？　少なくとも俺は、あんたたちよりはあいつのことをよく知ってる」

これ以上、こいつらと話しても無駄だ。

そう思ったけど、嫌な予感がして念を押す。

「陽菜に何かしたら、許さねえからな」

女子たちはいっせいに青ざめ、こくこくとうなずいた。

バイト先のカフェへと急ぎながら、陽菜のことを想う。

法事のとき、母さんに啖呵《たんか》を切った陽菜はかっこよかった。

子供の頃から、両親が怖かった。

言うことを聞かないと嫌われるんじゃないか、捨てられるんじゃないか。

幼い頃の恐怖心は今も残っていて、両親を目の前にすると、俺は自分らしさを失ってしまう。

そんな情けない俺を、陽菜は守ってくれた。

陽菜のことが、前よりももっと好きだ。

失いたくない。

叶うなら、心のままに優しくして、『好きだ』と四六時中耳もとで伝えたい。

嫌がられても、逃げられても、離したくない。

どうやったら、陽菜にこの想いが伝わるだろう？

＊＊＊

「ほら、あそこ。あの肩までの髪の人」

「うそ、あんな普通の人が鷲尾先輩の彼女？」

「信じられない、本当に付き合ってるの？」

柏木くんに私たちの秘密を話した翌日、学校に行くと、なぜか注目の的になっていた。

廊下にいても、教室にいても、ずっと女子たちの視線を感じる。

休憩時間には、私を見に来た生徒が廊下に人だかりを作るほどだった。

「ねえ、どうしてこんなことになったんだと思う？」

「さあ〜。でもまあ、隠し通すのも無理があったんじゃない？」

鎌谷くんとメッセージ中の真琴が、スマホを片手に答える。

「とにかく、やっかみでひどいことされたら言いな。私が百倍にして返してやるから」

茶髪ストレートを振り払いながら、廊下に鋭い目を向ける真琴。

「さすが真琴、男前！」

男子の前では見せない真琴の男気に惚れそうになっていると。

「やっほー、陽菜ちゃん。すごいね、超有名人じゃん」

今日も軽いノリの柏木くんが、私の席までやってきた。

ニコニコしている彼を見て、ハッとする。

「あっ、もしかして。この噂、柏木くんの仕業なの？」

信頼して私と清春の関係を打ち明けたのに、早くも裏切った⁉

全力で柏木くんを睨むと、「違う違う！」と両手をブンブンされる。

「誓って俺じゃない！　言ってない！　ていうか、噂の発端知らないの？」

「知らない。柏木くんとしか思えない」

「だから違うって！　鷲尾本人だよ。人前で堂々と交際宣言したって、クラスの女子たちが発狂してたもん」

柏木くんのセリフに、私は目が点になった。

「ちょっといい？」

その日の放課後。

私は人が見ていない隙を狙って、廊下を歩いている清春をつかまえることに成功する。

あたりを注意深く観察し、空き教室に連れ込んだ。

「あの噂本当？　人前で、私と付き合ってるって言ったの？」

「付き合ってるとは言ってない。特別な存在だって言っただけ」

清春が悪びれたふうもなく言う。私はいよいよ困惑した。

「どうしてそんなこと言うの？　なに考えてるの？　清春、最近変だよ？」

私たちは、あと半年で離婚するのに。

すると清春が、じっと私を見つめてくる。

「覚えてる？　前に『男を知りたいなら俺で知ればいい』って言ったの」

薄暗い空き教室にふたりきり。

なぜか、今さら体に緊張が走った。

「覚えてるけど……」

「陽菜、それでいいって言ったよな？　だから俺と陽菜は、一緒にいるべきだ。付き合ってることにしとけば、一緒にいても違和感ないだろ？」

なんか、話がややこしくなってるんですけど……。

「でもそれ、冗談で言ったんだよね？」

「冗談じゃねえよ」

清春のいつもより低めの声に、ドキリとした。

怖いほどまっすぐに私を見つめてくる彼は、言葉どおり、冗談を言っているようには見えなくて。

むしろ、切実に私を求めているようにすら見えて……。

だけど。

――『陽菜ちゃんだけは絶対にない』

あの声をまた思い出した。

もう、どうしたらいいか分からない。

だって清春はずっと、私を避けていたのに。

私のことが好きなら、あんな態度、とらなかったよね？

私は勢いよくかぶりを振った。

清春が分からなすぎて、怖い。

「……ごめん。やっぱり、清春だけは無理」

これ以上清春が近くにいたら、私は前に進めない。

清春のことを、忘れられなくなってしまう。

すると、清春が傷ついたような目をした。

「じゃあ、誰ならいいんだ?」

あっという間にぐいっと体を寄せられる。

不安げに揺れている、ブルーブラックの瞳。

「誰とか、そういうことじゃなくて。……とにかく、付き合ってることを否定してほしい。お互いのためにも」

「陽菜、俺——」

「——そういうことだから、もう行くね」

逃げるように、私は空き教室を出ていこうとした。

だけど。

「行くな」

背中がふわっと大きな温もりに包まれ、硬直した。

清春が、背後から私を抱きしめている。

あり得ない状況に、何も考えられなくなった。

「──好きだ」

耳もとで絞り出すように言われ、心臓が凍りつく。

「なに、言って……」

「ずっと好きだった」

念を押すように、清春がもう一度言う。

「陽菜が違う男と喋っているだけで、嫉妬でおかしくなる」

ぎゅうっと腕に力を込め、より深く、彼の腕の中に閉じ込められた。

「……そんな冗談、信じられないよ」

「冗談なんかじゃない」

「私たち、離婚するんだよ？　清春も、離婚届にサインしたでしょ？」

清春の腕の力の強さ、かすかに震えている喉もと、熱い吐息。

すべてが私をドキドキさせる。心が持っていかれそうになる。

でも、そんなわけがなくて。

清春が、私なんかを好きになるわけがなくて。

――いやだ、もう。わけが分からなくて泣いてしまいたい。

「俺、離婚届にサインしてないよ」

「……え？」

「この先もするつもりないから」

「どういうこと？　私たち、ぜんぜんうまくいってなかったじゃない」

「……ごめん。ぜんぶ俺が悪いんだ。陽菜に嫌われて当然だ」

さらに強く私を抱きしめながら、あっさりとそんな懺悔《ざんげ》をする清春。

急すぎて、気持ちが追いつかない。

それでも今の清春が、離婚が決まるまでの彼と違うのは、もう十分に分かっていた。

でも、だからといって受け入れていいの？

壊れそうなくらいドクドク鳴っている心臓の音を聞きながら、激しく混乱していると。

「だからデートしよう、陽菜」

「──へ？」

予想外のことを言われ、ポカンとした顔で彼を振り返る。

この期に及んでひどい冗談かと思ったからだ。

だけど目と鼻の先にいる彼は、息を呑むほど真剣な顔をしていた。

「陽菜のこと、絶対に落とすから。俺にチャンスをくれないか？」

いつもどこか気だるげな清春が、こんな顔をしているのを見るのは初めてで。

今度こそ私は、何ひとつ言い返せなくなってしまった。

四章　絶対に落とすから

――『ずっと好きだった』
清春の声が耳から離れない。
胸がドキドキして鳴りやまない。
子供の頃から、結局のところ私はずっと清春のことが好きだったのだから、当然だよ。

「短いスカートとロングスカート、どっちがいいかな」

「ロングの方が似合ってるよ。真琴、スタイルいいから」

「でも短い方が男ウケよくない？」

「人によるんじゃない？　鎌谷くんはオシャレだから、変に露出多い服よりも、個性に合った服の方が好きそう」

「それは言えるかも」

土曜日、私は真琴と一緒にショッピングモールに来ていた。

日曜日に鎌谷くんとカフェデートに行くらしく、服を選ぶのに付き合ってほしいと言われたからだ。

さんざん迷ったあげく、真琴はタイトな黒のロングスカートと、ロゴ入りのTシャツを買っていた。カジュアル寄りだけど大人びたコーディネートは、クールな見た目の真琴によく似合っている。

服に合わせる靴とピアスも買って、ようやく買い物が終わった。

すると大量の紙袋を肩にかけた真琴が、「次は陽菜の買い物だよ！」と目を光らせる。

「えっ、私はいいよ」

「何言ってんの？　初めてのデートなんでしょ？　しかも相手はあの鷲尾清春だよ？　気合い入れなきゃ！」

清春とデートすることは、なんとなく真琴に話している。

「鷲尾くんのことだから、きっとものすごいゴージャスなデートだよ！　ヘリコプターで日本一周とか、高級ホテル貸し切りとか！　それなりのオシャレしなきゃ！」

「……真琴、清春にどんなイメージ持ってるの？」

一緒に暮らしていたときは、部屋着姿だって見られているのに、オシャレなんて今さらだ。

だけど真琴はすっかりやる気で、店から店へと連れ回された。

「うん、いいんじゃない？　陽菜、めちゃくちゃかわいい」

あれこれ試着させられ、ヘトヘトになった頃、真琴がようやく満足げに言った。

「ええ、本当に。とても似合っていらっしゃいますよ」

店員さんもごり押しで、その場の空気で買ってしまう。

買い物帰りに真琴の家に寄って、買った服に合う靴まで貸してもらった。

どうしよう。もう、あとには引けない。

翌朝。

「変じゃないかな……」

不安になりながら、私は玄関にある鏡の前に立った。

鎖骨の見える白のカットソーに、ふんわりした水色の膝丈スカート。それから、真琴に借りたパンプス。

ついでに、白いシュシュでポニーテールにしてみた。鏡の中にいる私は、どう見でも、初めてのデートに気合いバリバリの人だった。

「でも、せっかく買ったし借りたし」

急に恥ずかしくなったけど、今さら着替える時間もなく、そのまま家を出る。

清春とは、近くの駅で待ち合わせしていた。

スマホで時間を見ながら、駅に向かって歩こうとしたとき。

――カシャッ！

カメラのシャッター音がした。

反射的に、音のした方を振り返る。

そしてゾッとした。

電柱の陰から、誰かが私にスマホを向けていたからだ。

びっくりして立ち止まると、その人は慌てたように走り去った。

顔はよく見えなかったけど、たぶん若い男の人だと思う。青いチェックのシャツを着ていた。

まさか、盗撮？

道行く女子高校生を撮る変態がいることは、聞いたことがある。学校で注意喚起されてたし、実際に被害に遭ったという子もクラスにいた。

でもまさか、自分の身に降りかかるとは思っていなかった。

嫌な気分はなかなか消えなかったけど、どうにか気持ちを切り替えると、駅へと急ぐ。

黒のパーカーに、デニムパンツ。そんなシンプルな恰好で、清春は壁に背を預けて私を待っていた。

顔面の天才は、カジュアルな普段着でも、人一倍目立っている。

「ごめん、ちょっと遅れた」

息をついている私を、清春がじっと見ていた。

「陽菜、もしかしてオシャレしてる?」

そういうこと、言わないで……!

身の程もわきまえずにデートに浮かれて、似合いもしない服を着てしまった自分が恥ずかしくなるから。

「……うん、少し。清春は相変わらず、何着ても似合うね」

「そうか? 自分じゃ似合うとか似合わないとか、よく分からないんだ」

どうでもいいことのように、清春が言った。

オシャレをしてきた私を、変に褒めるようなこともない。

清春は、やっぱり清春だった。

肩から力が抜けていく。

『陽菜のこと、絶対に落とすから』――そんなふうに言われたから勝手に緊張してたけど、この調子なら、たぶん大丈夫。

気持ちが軽くなったところで、張り切って声をかける。

「じゃあ行こう」

だけど、清春は動こうとしなかった。

なぜか、口もとを手で覆って立ち止まっている。

「どうしたの？　行こ？」

よく見ると、清春の顔が赤い。

え、なんで？

戸惑っていると、彼がおずおずと私を見た。

それから顔を赤らめたまま、子供みたいな無邪気な笑みを浮かべる。

「陽菜が俺のためにオシャレしてくれたの、すげえうれしい」

いつもとは違う彼の飾らない笑顔が、私の心臓をズドンと撃ち抜いた。

あっという間に、私の顔にも熱が集まっていく。

こんなの反則だ……！

頭の中が早くも清春でいっぱいになっていて、心の中で前言撤回する。

私、今日一日、ぜんぜん大丈夫そうじゃない……！


たどり着いたのは、観覧車とジェットコースターが目印の、地元の遊園地だった。

メリーゴーランドやコーヒーカップ、いわゆる定番の乗り物がひととおりあって、ゲームセンターやレストランもあるみたい。

モフモフのビーバーみたいなキャラクターに出迎えられ、入園した。

そこかしこで子供が走り回っている。日曜日だから、家族連れが多いみたい。

予想外のデート先だった。

真琴が言ってたみたいに、ヘリで周遊とか高級ホテル貸し切りとかは、さすがに思っていなかったけど。子供の頃から静かな清春のことだから、美術館か博物館かな？とはなんとなく思っていた。

「清春、遊園地とか好きだったんだね」

「いや、初めてで……」

清春が、ボソッと言う。

「？　何が？」

「女と出かけるの。だから、どこに行ったらいいか分からなかったんだ」

「え……？」

驚いて、変な声が出た。

今までデートしたことがないってこと？　学校一モテて、いろいろな子と噂になっていた清春が？

「女が喜ぶデートスポットってググったら、一位に遊園地って書いてあったから。一位のやつにしたらベタ過ぎるから、あえて二位にしてみたんだけど……」

恥ずかしそうにそんなことを言う清春。

私を喜ばせたくて、一生懸命デート先を考えてくれたの？

「……嫌だった？」

不安げに聞かれ、私は慌ててブンブンとかぶりを振る。

「ううん、すごくうれしい。遊園地、子供の頃から大好きだから！」

「そっか、ならよかった」

清春が、心底ホッとしたように微笑んだ。

私を見つめる、優しい目。

ドキドキして、清春の顔を、なぜか直視できなかった。

それからはもう、面倒なことはすべて忘れて、とにかく楽しんだ。

清春はどうやら、絶叫系の乗り物が苦手らしい。

ジェットコースター中にちらりと隣を見たら、必死に目をつむっていた。

ひたすら無言で耐えるタイプみたい。

そういえば、清春は虫も苦手だったっけ。

――『清春、そこ、ムカデが死んでる！』

――『ええっ、どこ⁉』

――『大丈夫。踏まないように、私が手を引っ張ってあげるから、清春は目をつぶってて』

子供の頃のことを思い出し、温かい気持ちになった。

清春は何でもできたけど、苦手なこともあった。

声には出さないけど、お父さんとお母さんに会えなくて寂しい思いをしていた。

清春の中身は普通の子で、私はそれを分かっていた。

そんな彼を、一生そばで支えてあげたいと思っていた。

――私はいつから、清春が完璧な人間だと思い込むようになったんだろう？

清春だって、デート先に悩むし、ジェットコースターは怖いのに。

欠けている部分もたくさんあるのに。

「……陽菜。……終わったぞ」

「あ、ごめん。ぼうっとしてた」

いつの間にか、ジェットコースターがスタート地点に戻っていた。清春の顔は真っ青だ。

降りるときもフラフラだったけど、泣き言ひとつ言わない。

そういう無言で耐えるところは昔と変わってなくて、なんだかかわいい。

ジェットコースターに乗った後は、ゲームセンターに行った。

「清春、あれ取りたい！　ビババのぬいぐるみ」

「ビババ？」

「ほら、入り口にいたビーバーみたいなキャラクターだよ。この遊園地のマスコットキャラみたい」

クレーンゲームをしてみたけど、なかなか取れない。五百円も無駄にしてがっかりしていたら、清春が代わってくれた。

「俺、こういうの初めてやる」

言葉どおり、清春はクレーンゲームに慣れていなかった。

アームがウインウインと動いて、狙っていたビババとはだいぶズレた位置になってしまう。だけど隣のぬいぐるみのタグに引っかかり、奇跡的にゲット。

「すげ、とれた」

「えっ、すごいじゃん、清春！」

思わず顔を見合わせ、ハイタッチしていた。

「はい、これ」

目つきの悪い犬のぬいぐるみを手渡される。

「貰っていいの？」

「うん。ビーバーじゃなくて悪いけど」

「そんなことないよ、ありがとう清春！」

ちょうど両手にすっぽり入る大きさのぬいぐるみを、ぎゅっと抱きしめる。

「ていうかコイツだれ？」

「ビバの仲間のイヌヌだって」

「ネーミングセンスないな、ここのキャラクター」

「なんかこのワンコ、清春みたいじゃない？」

黒い頭と青い目、それからむすっとした表情が似ている。

微笑ましく思いながら、私の胸の中にいるイヌヌを眺める。

「……そうか？」

清春はなぜか照れたように、そんな私を見ていた。

「次はあれ乗ろう。コーヒーカップ」

「いいけど、あまりぐるぐる回すなよ」

なんだかんだ、私たちは息がぴったりだった。空気で繋がっているようなかんじ。

そういえば子供の頃の私たちは、こんな関係だった。

そんなに会話はなくても、一緒にいるだけでホッとしてたっけ。

——まるで、子供の頃に戻ったみたい。


夢中になって遊んでいたら、もう二時になっていた。

遅めのお昼ご飯を食べに、屋外にあるフードコートに行った。

サンドイッチの有名チェーン店に並んでみる。

私はエビアボカドサンド、清春は照り焼きチキンサンドを注文した。

財布を出そうとすると、清春に止められる。

「俺が払うからいいよ」

「さすがにそれはダメ」

無理やり払おうとすると、露骨に嫌な顔をされた。

結局清春は、強引に私の分も支払いを済ませてしまった。

「ごめん、清春。出してくれてありがとう」

サンドイッチとレモンティーをトレイに乗せ、席へと向かいながら、清春にお礼を言う。

「俺けっこう稼いでるから、これくらい平気」

「稼いでる？　お小遣いじゃなくて？」

「四月からカフェでバイトしてるんだ」

「えっ、そうだったの？」

四月というと、私たちが結婚した頃だ。ぜんぜん知らなかった。

「平日は毎日入れてるし、土日は丸一日働いてる。店長がなるべくいてほしいって言うから」

「平日と土日……」

つまり、清春がほとんど家にいなかったのは、女の子と会っていたわけじゃなくてバイトしてたからってこと？

まるで霧が晴れるみたいに、心の奥にくすぶっていたモヤモヤが消えていく。

「あ、おいし」

サンドイッチを頬張っている間も、ずっとフワフワした気分だった。

清春も、向かいで黙々と食べている。

相変わらず無表情で、何を考えているのかいまいち分からない。

でも、私のことを、ものすごく意識しているのだけは分かった。

視線が合うたびに、顔を赤くして逸らされたから。

「え、待って。かっこいい」

「芸能人かな」

どこからか、そんな声がした。

カシャッカシャッとシャッター音が響く。

隣に座っている二十代くらいの女の人ふたりが、スマホを掲げていた。自撮りのように見せているけど、たぶん清春を撮っている。

他人に勝手に撮られるのはいい気がしないし、そもそもやってはいけないことだ。

清春が不機嫌そうにしながら、腰をずらし、女の人たちに背中を向けた。

すると女の人たちは席を立ち、清春の顔が見える位置に移動してまで写真を撮り続ける。

そんなことまでするの？とびっくりした。

「清春、大丈夫？」

清春が、ハアとため息をつく。

「ああいうの、言ってもキリがないから」

清春にとって、こういうことは日常茶飯事みたい。

あきらめたような様子に、胸がズキンとした。

怒りが湧く。

女の人は、きれいな景色を撮るのと同じような感覚で、清春を撮ってるんだろう。

罪の意識なんて、ないんだと思う。だけど、清春の気持ちを完全に無視している。

私は立ち上がり、彼女たちの前に行った。

「すみません、撮らないでもらえますか？」

女の人たちが、眉をひそめる。

「勝手に撮られるのは迷惑です。今撮った写真も消してください」

堂々と言うと、女の人たちが慌てたように立ち上がった。

「何言ってんの、撮ってなんかないって！」

「被害妄想ヤバくない？　なんでこんなブスが彼女なの？」

ひどい捨てゼリフを残して、逃げるように去っていく女の人たち。

追いかけて写真を消してもらいたかったけど、あっという間にいなくなってしまった。

「ああっ、行っちゃった……」

悔しい思いをしながら、席に戻る。

「ごめん、清春。取り逃がした」

「いいよ、ありがとう。それより、陽菜はすごいな」

清春が感心したように言う。

「そういう、いざとなったら強いとこ、昔から尊敬してる。——俺にはないものだから」

私を見つめる目に熱っぽさを感じて、心臓が跳ねた。

最近清春は、私の前でよくこの目をする。

清春にこの目をされたら、心臓がバクバクして、私はどうしたらいいか分からなくなってしまう。

だから慌てて視線を逸らした。

「……食べよっか」

サンドイッチをもぐもぐする。

清春はもう食べ終えてしまったらしく、向かいからじっと私を見ていた。

緊張してうまく食べられないから、やめてほしい。

何か喋って、清春の気を逸らそう！

「そういえばね、私も朝、知らない人に写真撮られたの」

「――は？」

「私の写真なんかどうするのか知らないけど、女子高生なら誰でもいいっていう変態も世の中にはいるんだね」

笑い話のつもりだったけど、清春は笑うどころか、怖い顔をしている。

「どんなやつ？　何歳くらい？」

「よく見えなかったんだけど、たぶん、どこにでもいそうな男の人。年は二十歳くらいかな？」

「なんだよそいつ、許せねえ。絶対に捕まえてやる」

清春は、思いもしなかったほど怒っていた。

「大丈夫だよ！　こんなこと、もうないと思うから」

「大丈夫なわけないだろ？　陽菜はこんなにかわいいのに」

サラッとそう言われて、飲んでいたアイスティーを噴きそうになった。

清春の顔が直視できず、真っ赤になりながら、サンドイッチをひたすら口に運ぶ。

食べ終わり、お店にトレイを返したところで、なぜか手を差し出された。

「なに？」

「手、繋ごう」

「え……？」

清春の目は真剣だった。

きれいなのに、男らしい清春の手を見つめる。

戸惑っていると、清春がやや強引に私の手を握った。

「夫婦なんだから、問題ないだろ」

強いのに、痛くはない力加減。

私の手を引き、ぐんぐんと進む清春の耳の後ろあたりが、赤くなっている。

どうしよう。

私、今――この手を離したくないと思っている。

最後に乗ったのは観覧車だった。
床が透明になっていて、けっこう怖い。
上にのぼっていくにつれ、ビルや家がどんどん小さくなっていく。
向かい合って座る私たちの間に、どこか甘い、今までにない空気が流れていた。
さっきまでずっと、手を繋いでいたせいだろう。
「すごい、めちゃくちゃ高いね！　うち、どっちの方かな？」
あえて清春の方は見ずに、窓の向こうばかり眺める。
だけど途中で気になって、チラリと様子を伺ってみた。
清春は窓枠に手をつき、優しい目で、じっと私を見つめていた。
心臓が、またドクンと跳ねる。
清春のこんな顔を、今日は何度も見た。
一緒に住んでいた頃の冷ややかな態度とは、ぜんぜん違う。
こんな清春、知らなかったよ。
「そういえば、昼に食べたサンドイッチ、おいしかったね」
気まずくなって、話題を探す。

「おいしかったけど、陽菜の作った肉じゃがの方がおいしい」

ますます甘い空気になってしまった。

「……サンドイッチと肉じゃがじゃ、戦うフィールドが違うと思う」

「陽菜の肉じゃがは、世界一うまいよ」

清春が、自信満々に言った。

世界中の料理を食べたわけじゃないんだから、世界一かどうかなんて分かるはずないのに。子どもみたいな誉め言葉が、なんだかうれしい。

「……ありがとう」

おずおずお礼を言うと、清春がふと、目を伏せる。

「――感謝してる。毎日、俺のためにメシ作ってくれたこと」

ポツンとこぼされた感謝の言葉。

清春と一緒に住んでいた四ヶ月を思い出す。

清春が冷たくて、寂しくて、悲しくて――夫婦なのに、誰よりも遠い存在だった。

好きなのに、絶対に好きになってもらえない相手。

それでも奥さんらしいことはしたくて、料理だけは欠かさず作り続けた。

「本当は、陽菜のいる家に帰るのが、楽しみだった」

ブルーブラックの瞳が、悲しげに揺れている。

今さら、どうしてそんなことを言うの？

どうして、急に優しくするの？

女の子とデートしたことがないとか。

家にほとんどいなかったのは、女の子といたんじゃなくて、バイトしてたからとか。

今になってそんなことを知って、私はどうしたらいい？

本当は私のことを大事に思ってたって、視線で、態度で、言葉で示されて——どう返せばいい？

気持ちがぐちゃぐちゃになって、わけが分からない。

視界がみるみる涙でにじんでいった。

「陽菜、泣かないで」

「……誰のせいだと思ってるの？」

素っ気ない態度を取り続けたのは清春の方だ。

だから私は、彼の心を手に入れるのをあきらめた。

そうでもしないと、形だけの夫婦としてもやっていけなかったから。

「ごめん」

あふれる私の涙を、ためらいがちに、清春が指先で拭ってくれる。

「ごめん、陽菜……」

いつもクールで動じない清春が、落ち込んでいるのが分かって、胸が痛くなった。

「……怖かったんだ。陽菜の本音を知るのが」

思い詰めたような声。

「でも、もう逃げるのはやめた。やり直したい。ずっと、陽菜の隣にいたい」

まっすぐな言葉が、胸を打つ。

――『ずっと好きだった』

何日か前に聞いた彼の声が、耳によみがえった。

どうしようもないほど、私をドキドキさせる。

――『俺、離婚届にサインしてないよ。この先もするつもりないから』

清春は本気なの？

本気で、私と離婚したくないって思ってる？

だけどどんなに考えても、今日一日の彼の行動を振り返ったら、そうとしか思えなくて。

都合のいいように解釈しているだけだと自分に言い聞かせても、うまくいかなくて。

「答えはすぐじゃなくていいから。考えてほしい」

清春にそう言われ、私はとりあえずうなずくしかなかった。


週が明けた。

「隼人って、すっごく優しいの。気が利くし、話も合うし、まさに理想の彼氏ってかんじ！」

学校帰りに寄ったハンバーガーショップで、私は真琴から盛大な惚気話を聞かされていた。

朝からずっとこの調子でデレデレだ。

だけど、真琴が幸せそうなのはうれしい。

「そっか、よかったね。今度は長続きするんじゃない？」

「うん、そんな気がする。ていうか、今までの男がたいしたことないって気づかされた」

「鎌谷も同じようなこと言ってたよ。あんな気の合う子、ほかにいないって」

向かいでシェイクを飲んでいる柏木くんが、会話に入ってきた。

柏木くんとはたまたま帰りに会い、なんでか分からないけど、気づいたら一緒にここにいる。女子の輪にも違和感なく入っていける彼のコミュ力を、今では尊敬すらしている。

「ところで、陽菜の方はデートどうだったの？」

真琴が、ニヤニヤしながら聞いてきた。

「えっ、鷲尾とデートしたの？　先越されたわ～」

柏木くんが嘆くように言うけれど、ノリは軽い。

「なに、あんた。陽菜のこと狙ってるの？　あのことについて話したのは聞いたけど」

真琴が言うところの〝あのこと〟とは、私と清春の複雑な結婚事情のことだ。

「そうだよ。転校初日から狙ってたし」

「ふーん。難しそうだけど、まぁ頑張って」

「えっ、真琴ちゃんそれだけ？　他人事《ひとごと》すぎない？」

「で、デートはどうだったの？　陽菜」

「うん、ええと……」

──『陽菜が俺のためにオシャレしてくれたの、すげえうれしい』

──『大丈夫なわけないだろ？　こんなにかわいいのに』

──『ずっと、陽菜の隣にいたい』

昨日のことを思い出して、私はみるみる顔を赤くした。

こんなの、言えるわけがない。

すると真琴が「ははーん」としたり顔をする。

「恭介、この調子だとあんたの出る幕なさそうよ」

「ええっ、陽菜ちゃん！　もしかして、あいつとの元サヤ考えてる？」

「まだ決めたわけじゃないけど」

「えぇえっ！　くっそー、俺にもチャンスあると思ったのに！」

柏木くんの大声に、真琴が耳を塞いだ。

「分かったから、もう帰ってくれる？　私たち、勉強しに来たんだから」

「なんで勉強なんかすんの？」

「受験生だからに決まってるじゃない。もう九月よ」

「えっ、ふたりとも内部進学しないの？」

柏木くんが驚いたように言った。

うちの高校は、エスカレーター式で大学まで行く生徒が多い。清春もそのうちのひとりだ。この雰囲気だと、柏木くんもそのつもりなんだろう。

だけど私は、推薦入試で別の大学に行く予定だった。ちなみに真琴もそう。

「私の行きたい学科、Y大にないの。陽菜もそうなんだよね」

「うん、そう」

「でもいいの？　鎌谷は内部進学するって言ってたよ？　鷲尾もだろ？」

「まあそこは仕方がないと言うか、大学違っても会えないわけじゃないし」

真琴の声に、私もうなずく。

「そっかあ。女子って案外あっさりしてるなあ。それなら俺も内部進学やめて、陽菜ちゃんと同じとこ受けようかな。そしたら鷲尾の見ていないところで、陽菜ちゃんとイチャイチャできるし～」

「私が受けるの、女子大だよ」

「えっ⁉　そっかあ、じゃあ、女装がんばるしかないな！」

「ちょっと恭介。なんでそういう発想になるの？」

柏木くんが帰ってから勉強を始め、気づけば午後八時を過ぎていた。

真琴と一緒にハンバーガーショップを出る。

「じゃね、陽菜。また明日」

「うん、バイバイ」

大きな交差点で真琴と別れ、駅に向かって歩き始めた。

九月ももうすぐ終わりだ。夜風にも、冷たさを感じるようになってきた。

ポケットでスマホが震えた。

安藤くんからメッセージだ。

《明日暇？　ふたりでお茶でもしない？》

最近安藤くんは、こんなふうにふたりで会いたいと送ってくるようになった。

それまでは料理の話題ばかりだったのに、明らかに違ってきている。

真琴に鈍いと言われる私でも、さすがに気づくよ。

――『陽菜が違う男と喋っているだけで、嫉妬でおかしくなる』

清春のあの苦しげな声を思い出し、胸が痛くなった。

《ちょっとだけだから、ね！　お願い！》

《ごめん、ふたりで会うのは難しい。好きな人がいるから》

勇気を出して、本当のことを伝えた。

しばらく経ったあと、安藤くんから返事がくる。

《なんだ、そっか。正直に話してくれてありがとう。大勢で会うのは大丈夫？》

《うん、もちろん》

安藤くんから返ってきたのは、《わーい》と書かれたかわいいクマのスタンプ。

安藤くんに申し訳なく思いながらもほっこりした気持ちになり、スマホをポケットにしまった。

昨日清春は、私に今までのことを謝って、やり直したいと言った。

答えはもう出てる。

――私も、清春のそばにいたい。

それでも、決心がつかないでいた。

だけど安藤くんとやり取りをしているうちに、やっと気づく。

清春を傷つけたくない。私は清春のことを、誰よりも大事に思っている。

清春に、すぐにでも返事をしよう。

あんなに一生懸命、私と向き合ってくれたんだから。

よし、と心に決めたときのことだった。

ふと、通りかかった女の人たちの声が聞こえる。

「見て、あの高校生。かっこよくない？」

「ほんとだ。彼女も超美人」

世の中には、清春以外にも、こんな騒がれ方をする人がいるんだ。

そんなことを思いながら、何気なく彼女たちの視線を追った。

そして、驚きのあまり足を止めた。

そこにいたのが、清春だったから。

紺色のカーディガンにグレーチェックのズボン。学校帰りみたいで、制服のままだ。

隣には、黒髪ストレートの、モデルみたいにきれいな女の人がいた。

「彼女の方が年上かな？　いや〜、絵になる。ずっと眺めてたい」

「ほんと、尊いね」

女の人は、目鼻立ちがはっきりした、かなりの美人だった。スラリと長いデニムの足に、ハイヒール。

清春の頭をぐしゃっと撫でて、楽しそうに笑っている。

清春の表情はよく見えなかった。それでもふたりの雰囲気から、特別な関係なのが伝わってくる。

「彼女、いるんじゃない……」

女の子と出かけたことないって言ったのは、嘘ってこと？

――『陽菜ちゃんだけは絶対にない』

記憶の底から、またあの声がよみがえる。

どんなに時間が経っても、まるで昨日のことのように覚えている残酷な言葉。

今までよりもいっそう深く、胸をえぐってくる。

私が立ち尽くしている間に、清春と女の人は、どこかに行ってしまった。

ドンッと通り過ぎる人の肩にぶつかり、やっと我に返る。

また歩き始めても、心は上の空だった。

昨日、清春はあんなに私を大事にしてくれた。

行動で、言葉で、好きだと伝えてくれた。

嘘だとは思えなかった。

だけど女の人といる清春を見ただけでこんなにも傷つくのは、たぶん、本当の意味で彼を信じていないから。

信じたい、けど信じられない。

清春と一緒にいる限り、私はこんなふうに悩み続けないといけないの？

「もう、やだ……」

雑踏の中で、私はひとり、声を震わせた。

＊＊清春＊＊

陽菜に告白した。

デートでも、全力で押した。

陽菜の驚いたような顔や、恥ずかしそうな顔を、はっきり覚えている。

永遠に眺めていたいほど、かわいかった。

そして、悪くない反応だ。

デートから五日後、ついに耐えられなくなった俺は、陽菜の実家のマンションの前に来てしまった。

あの日の返事を聞くためだ。

これほどソワソワした気持ちになるのは、生まれて初めてだった。

今日はバイトが休みだから、放課後すぐに行くことができた。

最近、CAFÉ Bijouxはバイトの人数を増やした。

雑誌で紹介されてから、客が急激に来るようになり、慌てて雇ったからだ。

おかげで俺のシフトは減り、前ほど忙しくはない。

店長の珠里さんも時間に余裕ができ、この間は買い物に付き合ってもらった。

午後七時。

ここに来て二時間以上が過ぎているけど、陽菜はまだ帰らない。

あたりはいつの間にか暗くなっていた。

「何やってんだ、あいつ」

だんだん心配になってきたとき。

「……清春？」

陽菜の声がした。

振り返ると、困ったような顔をした陽菜が立っている。

グレーチェックのプリーツスカートに、緑のブレザー、紺色のリボン。

十月に入ったから、制服が冬服に切り替わっていた。

冬服姿もかわいいな……。

陽菜とこうして顔を合わせるのは、あのデートの日以来だ。

「……どうしてこんなところにいるの？」

「陽菜のこと待ってた。遅かったけど、どっか行ってた？」

「真琴と勉強してたの」

「ふうん、そっか」

内心ホッとしつつ、ここに来た目的のために、俺は小さく息を吸い込んだ。

「陽菜。この間の返事、聞かせてほしい」

陽菜がじっと俺を見つめ、視線を泳がせる。

それからゆっくりと口を開いた。

「……ごめん。やっぱり私、もう清春のそばにはいられない」

一瞬にして、目の前が真っ暗になる。

「だから、予定どおり離婚したい」

「どうして――」

「……………」

陽菜の目に涙が光っているのに気づき、ハッとする。

「もう、清春に振り回されたくないの……」

俺は何をうぬぼれていたんだろう？

俺との結婚が、陽菜にとってどれほど重荷だったか、今さらのように思い知った。

夜の歩道に泣き顔で立っている陽菜は、小さくて弱々しい。

衝動的に、抱きしめたくなった。

だけど、伸ばしかけた手を、ぐっと握り込んで耐える。

俺に、陽菜をなぐさめる資格はないからだ。

一緒に暮らしていたとき、欠かさずダイニングテーブルの上に置かれていた俺の夕食。肉じゃがの頻度が高いように感じたのは、たぶん気のせいじゃない。

俺に避けられていたとき、陽菜はどんな気持ちで、俺のためにご飯を作り続けていたんだろう？

どんなに悔やんでも、陽菜の心をないがしろにした過去は消えない。

「……そっか」

吐き出した声は、自分でもはっきりと分かるほど落ち込んでいた。

「……今まで、ごめんな」

どうにかそれだけ言葉にして、陽菜に背を向ける。

もしも俺たちが、生まれながらの婚約者なんかじゃなかったら。

俺は少しずつ、陽菜に歩み寄ることができたのに。

大事にして、傷つけることなんかなかったのに。

こんなこと、今さら考えたってどうしようもないよな……。
陽菜を振り返ることなく、夜道を進む。
十月の風が、路上を吹き抜ける。
冷たさが身に染みて、心が空っぽになっていくようだった。

五章　君のためにできること

清春と、本当の本当に、終わってしまった。

私たちは予定どおり五ヶ月後に離婚して、それからは他人に戻る。

最終的には私が決めたことだ。

それなのに、気持ちが沈んでいた。

うちのマンションの前で、私が別れの言葉を口にしたときの清春の顔が、頭から離れない。

今にも泣き出しそうなその顔は、子供の頃公園で見た寂しげな彼の顔に重なって、何度も胸をしめつけた。

もう終わったことなのに。

くよくよしても、どうしようもないのに。


「陽菜。ねえ、陽菜ってば」

真琴の声がして、我に返る。

放課後、いつものハンバーガーショップで勉強してたんだけど、またぼうっとしてしまったみたい。

「ごめん、何？」

慌てて聞くと、真琴がシャーペンを手に、もの言いたげな顔をする。

「数学の問題で分からないところがあったんだけど、もういい。陽菜、鷲尾くんと別れてからおかしいよ。本当にそれでよかったの？」

ドキッとした。

真琴には、清春とはやっぱり離婚することにした、とだけ伝えている。女の人といるところを見たとは言っていない。

「……もう決めたことだから」

「鷲尾くんと、ちゃんと話した？　最近の鷲尾くんの様子見てたら、陽菜にマジなんだって感じてたの。離婚を納得してるとは思えない」

――『……今まで、ごめんな』

あの日見た清春の傷ついた顔を思い出し、また胸がズキンとした。

「……なんかもう、疲れたの」

ため息みたいな声が出る。

そんな私を、真琴は心配そうに見つめていた。

「陽菜……」

テーブルの上で、真琴のスマホがブルブル震える。

「あ、ごめん。電話だ」

真琴は申し訳なさそうにすると、スマホを手に取って話し始めた。

たぶん、鎌谷くんからだ。ふたりは順調みたい。

それからは、余計なことを考えないように、勉強に集中した。

真琴は鎌谷くんと約束があるらしく、途中で帰ってしまったけど、私はその後もひとりで勉強を続けた。

気づいたら、八時を過ぎていた。

《遅いけど、大丈夫?》

お母さんからメッセージが来る。

《勉強に集中してたらこんな時間になってた! 今から帰るね》

《気をつけて帰るのよ》

急いでハンバーガーショップを出ると、電車に乗り、いつもの駅で降りる。

駅から家までは、歩いて二十分くらいかかる。

住宅街なので、駅前の通りとは違って、この時間になると静かだ。
秋が深まってきたせいか、夜風がひんやりしている。
「さむ……」
自分で体を抱きしめるようにして、夜道を急いだ。
すると、後ろから靴音がした。静かすぎて、やけに耳に響く。
どんどん近づいてくる足音。
なのに私を追い抜くことなく、一定の距離を保っている。
細い路地に入っても、足音が変わらず聞こえてきて、背筋がゾクッとした。
——つけられてる？
おそるおそる振り返ると、男の人らしきシルエットが目に入った。
暗くて顔は分からない。
こちらをじっと見ているようで、恐怖がぶわっと込み上げる。
全速力で路地を走った。
バクバクと心臓が鳴っている。
とにかく、早く帰らなきゃ……！

マンションに着くと、急いでエントランスに駆け込んだ。

後ろの人影は、いつの間にかいなくなっていた。

「怖かった……」

本当につけられていたのかは、分からない。

もしかしたら、たまたま同じ方向だっただけなのかもしれない。

だとしても、こんな思いをするくらいなら、今度からは遅くならないようにしなきゃ。

ハアハアと息をつきながら、そう思った。


いつの間にか十一月になっていた。

「今日もかっこいいね、鷲尾くん」

「ほんと、目の保養」

渡り廊下にいる清春は、相変わらず女子の注目を浴びている。

「ねえ、陽菜。今日も、いつもの店で勉強する？」

「ごめん、私今日、委員会出なくちゃいけないの」

「もしかして、また代わったの？　人がいいにもほどがあるから！」

真琴と一緒に渡り廊下を歩きながら、私はちらりと清春を見た。

ステンドグラスから降り注ぐ光の下で、気だるげに壁にもたれ、いつものカフェオレを飲んでいる。

胸もとにエンブレムの入った緑のブレザーに、グレーチェックのズボン。夏服だけじゃなくて冬服も、怖いくらい似合っている。

鷲尾清春は、今日も完璧だった。

そして、まったく私の方を見ない。たぶん、存在にすら気づいていないんだと思う。

あの日から、清春の態度は変わった。

目が合わなくなったし、話しかけてもこない。

つまり、今までの私たちの状態に戻ってしまった。

もしかすると、今まで以上に距離が開いたかもしれない。

たぶん清春は、私のことなんてとっくに吹っ切れてる。

これでよかったと思うのに、心のどこかがズキズキしていた。

どちらにせよ、あと五ヶ月したら卒業と同時に離婚し、清春とは会わなくなる。

それまでの辛抱だ。

「そういえば鷲尾くん、佐久間さんと別れたって本当？」

「本当っぽい。最近、一緒にいるところまったく見ないもん」

「さっきもそこ佐久間さん通ったけど、見向きもしてなかったよ」

背中から、誰かのヒソヒソ声がした。

私は聞こえていないフリをして、急ぎ足で渡り廊下を離れた。

「鷲尾と別れたって本当？」

いつの間にか、隣に柏木くんがいる。

周りを見ないようにして歩いていたから、気づかなかった。

「あれ？　真琴は？」

「あっち」

柏木くんの指差した先には、鎌谷くんと楽しげに話している真琴がいた。

一緒にいるふたりは、見るからに幸せそう。

そんなふたりを、微笑ましい気持ちで眺めていると。

「で、別れたってマジなの？」

柏木くんに、真剣な顔でまた聞かれる。

「別れたって言うか、そもそも付き合ってないし」

「だよね、付き合うどころか、夫婦だもんな」

「ちょっと……！」

睨みつけると、「ごめんごめん」とおどけたように言われた。

「最近、マジで一緒にいるとこ見ないよな」

「うん。少し前に話し合って、やっぱり離婚しようってことになったの」

「へえ、そうなんだ」

柏木くんが、寝耳に水といった顔をしている。

「それ、向こうも納得してるの？」

「うん。納得どころか、とっくに吹っ切れてると思う」

渡り廊下にいる清春に視線を送る。

清春は、やっぱりこっちを見ようともしない。

「吹っ切れてるねえ……。陽菜ちゃんには、そいうふうに見えるんだ」

「どういう意味？」

「いや、なんでもない」

柏木くんが、いつもの調子でニカッと笑う。

「ま、寂しくなったら、俺が新しい彼氏になってあげるから。必要になったらいつでも連絡して」

柏木くんは無重力口調で言うと、ヒラヒラと手を振りながら廊下の向こうに行ってしまった。

放課後、美化委員の集まりに参加した。

集合場所は、プール裏。また落ち葉掃除みたい……。なんて地味な委員会。

箒を手に、いちょうの落ち葉を掃いていく。

掃いても掃いても、なかなか終わらない。

「ごめんね。どうしても帰らないといけない用事ができちゃって」

「病気のおじいちゃんのお見舞いにいかないといけなくて、お先に失礼します！」

空が茜色に染まるにつれ、美化委員たちが、ひとりまたひとりと帰って行く。

気づけば、落ち葉の詰まった大量のゴミ袋とともに、私はひとり取り残されていた。

なにこれ、デジャヴ？

たしか前もこんな状況になって、ゴミ捨てを押しつけられたんだっけ。

「変わってないなあ、私」

前は、たまたま会った清春が手伝ってくれた。

あのときの彼のまっすぐな言葉が胸を打つ。

――『情けないなんて思わない。陽菜のそういう責任感の強いところ、俺は尊敬してる』

自分ではそんなふうに思ったことがなかったから、ドキリとしたのを覚えている。

清春は本当は、私のことをよく見てくれていた。

私は？

私はちゃんと、清春のことを見ていただろうか？

マンションの前で見た、清春の傷ついた顔をまた思い出して、胸がざわつく。

ぎゅっと唇を噛み、まずはゴミ袋を二袋手に持って、ゴミ捨て場に向かった。
もう終わったことなんだと、心の中で何度も自分に言い聞かせながら。
ゴミ捨てが終わる頃には、すっかり暗くなっていた。
おまけに駅前の通りを歩いているとき、どしゃぶりの雨が降ってきた。
天気予報では、雨なんて言っていなかったのに……。
いつものハンバーガーショップに逃げ込む。
雨がやむまで、勉強をすることにした。
アイスティーを注文し、二階のカウンター席に座って参考書を広げる。
勉強は、わりと好きな方だ。
といっても、成績は中の上レベル。
たいして勉強してる様子もないのに、清春はいつも成績上位なんだよね。
また清春のことを考えてる……！
余計なことを考えないように、それからは勉強に集中した。
「はあ～、終わった」

ぐいぐいはかどり、予定以上の範囲まで進んだところで、我に返る。
いつの間にか、窓の外は雨がやんでいた。
スマホで時間を見ようとして、ハッとする。
「スマホ、家に忘れてきた……」
そういえば、朝から見てない。
たぶん洗面所で髪を直すとき、棚に置いてそのままだ。
仕方なく店の壁にかけてあった時計を見ると、もう九時半だった。
いくらなんでも遅すぎる。お母さん、絶対心配してる！
急いでハンバーガーショップを出て、駅から電車に乗った。
最寄り駅からの道は、相変わらずひっそりとしている。
空はどんよりしていて、月も星も見えない。
街灯だけを頼りに歩いていると、後ろから足音がした。
明らかに、私の歩調に合わせているのに気づいたとき、ゾクッとした。
また、あとをつけられてる？
どうしよう、逃げなきゃ……。震えながらそう感じたとき。

「佐久間さん?」

どこかで聞いた声がした。

振り返ると、サラサラの茶色い髪をした男の子が立っている。濃紺のブレザーにえんじ色のネクタイ、K高の制服だ。

「やっぱり佐久間さんだ、久しぶり」

男の子がニコッと笑顔を浮かべた。

「安藤くん……?」

不審者ではなく、知っている人だと分かって、肩の力が抜ける。

メッセージでは何度もやり取りしたけど、会うのはあのカラオケ以来だ。

「覚えててくれてうれしいよ。家、このあたりなの?」

「うん、そう。安藤くんは、どうしてこんなところにいるの?」

「親戚の家がこの辺で、ちょうど帰るところなんだ」

安藤くんはそう言うと、不思議そうに首を傾げた。

「どうかした?　おでこに汗かいてるけど」

「あ、ごめん。後ろから足音が聞こえたから、変な人に追いかけられているのかと勘違いしちゃって……。前も似たようなことがあったの」

「えっ、大丈夫？」

安藤くんが、心配そうな顔になる。

「よかったら送ってくよ」

「いいよ、申し訳ないから……！」

「大丈夫。こう見えても、僕だって男だから。送らせて！」

安藤くんの押しに負けて、結局家まで送ってもらうことになった。

他愛ない話をしながら、ふたりで夜道を歩く。

安藤くんは、本当にいい人だ。

なのに私は、少し前にやんわりと彼をフッてしまった。

罪悪感が込み上げる。

途中で公園の前を通りかかったとき、ふと安藤くんが足を止めた。

「その、こんなときに申し訳ないんだけど。僕、佐久間さんにどうしても話したいことがあって……。ちょっとだけ、ベンチで話せないかな？」

おずおずと聞かれる。

勇気を振り絞って声をかけてくれたのが分かった。

「いいよ、少しなら」

「ほんと？　よかったあ」

安藤くんがうれしそうに笑った。

ふたりで公園のベンチに座る。

安藤くんがさっそくスマホで写真を見せてきた。最近作ったという、流行りのアニメのキャラ弁だ。

「これ、ＳＮＳに上げたら大反響だったんだ」

「えっ、すごい！　めちゃくちゃ凝ってない？」

どうやらこれが、安藤くんの話したかったことみたい。

なんだか気が抜けた。

安藤くんは、その後も次から次へと写真を見せてきた。

「ほらこれ、卵焼き作ってるときの僕。かっこよくない？」

「自撮りしたの？　うん、かっこいいね」

「ほんと？　佐久間さんにかっこいいって言われるの、うれしいな」

安藤くんがウキウキしたように言った。

写真の中の安藤くんは、デニムのエプロン姿でキッチンに立ち、卵焼き用のフライパンを持っている。

エプロンの下には、青いチェックの半そでシャツを着ていた。

ハッと息を呑む。

清春とデートした日、電柱の陰から私を撮っていた人が着ていたシャツに、そっくりだったからだ。

でも、青いチェックのシャツなんて、ありふれてる。

似たような服を持っている人は、いくらでもいそう。

偶然だよね、と心の中で自分に言い聞かせた。

「いろいろ見せてくれてありがとう」

「どういたしまして。佐久間さんは、最近作った料理の写真はないの？」

「作っても、あまり撮らないの。……ごめん、お母さんが心配するから帰らなきゃ」

「そうだね、長居させて、こっちこそごめん。そろそろ行こっか」

「うん――」

直後、心臓が凍りついた。

チラリと見えた、安藤くんのスマホの待ち受け画面。

そこに、水色のスカートを履いた女の子が写っていたからだ。清春とデートした日の私にそっくりの……。

あのとき、電柱の陰にいた人と同じシャツを着ていた安藤くん。そして、彼が持っているはずのない、あの日の私の写真。

心臓が、割れそうな勢いでバクバク鳴っている。

「佐久間さん、どうかした？　大丈夫？」

急に黙った私に、安藤くんが不安そうに声をかけてくる。

「あの、その待ち受け……」

言っちゃいけないことだとは分かっている。

だけどパニックのあまり、口を滑らせてしまった。

安藤くんの顔から、スッと笑みが消える。

分かりやすい表情の変化で、私は確信した。

――やっぱりこの人が、あの日、私を盗撮したんだ。

「やべ。見えちゃった？」

開き直ったかのように、安藤くんが言う。

「……盗撮したの？」

「うん。佐久間さんのことが好きだから」

このタイミングでサラリとそんな告白をされても、怖いだけだ。

「まさか、前に、夜道で私を追いかけてきたのも安藤くんだったの……？」

「やっぱ気づいてた？　うん、そう。ついでに言うと、親戚の家に行ってたってのもウソ。今日も佐久間さんの帰りを待ってた」

『今日も』って……。

そもそも、私の家の場所をどうして知ってるの？

教えた記憶はないから、学校帰りにつけられた？

そんな可能性に気づいて、寒気がした。

「佐久間さん」

安藤くんが、私に身を寄せる。

「僕がどれだけ君のことが好きか伝わった？　こんなにも趣味が合う子に会ったの、

生まれて初めてなんだ」

ゾゾッと全身が震えた。

この人は、好きという感情をはき違えてる。

一方的に、自分の欲求をぶつけているだけ。私の気持ちなんて、一切考えずに。

じり、と座ったまま後ずさり、安藤くんとの間に距離を取る。

「今すぐ警察に……」

「警察？」

怒ったように言われ、腕をガシッと握られた。

「ひどいこと言うなあ、僕はただ佐久間さんのことが好きなだけなのに。そもそも警察に訴えても、証拠なんてどこにもないよ。この画像も、盗撮だとは分からないし、いつだって消せるし」

痣《あざ》ができそうなほど腕に力を込められ、痛みが走る。

「前も、僕にひどいこと言ったよね。好きな人がいるって。僕に優しくしておきながら、本命はほかにいたってこと？」

私を食い入るように見つめる安藤くんの目には、憎しみがみなぎっていた。

「離して……！」

火事場のバカ力で、腕を振りほどく。

──逃げなきゃ。

立ち上がり、すぐに走り出そうとした。

だけど一瞬のうちに手首をつかまれ、ぐいっと引かれる。

勢いで、地面に倒れ込んだ。

安藤くんが私に覆いかぶさり、肩を押さえつけてくる。

「いやっ！　離して……っ！」

「本当はこんなことしたくないんだ！　だけどこうでもしないと、また僕から離れていくだろ⁉」

「いやだ……っ‼」

もがこうにも、思った以上に力が強くてどうにもならない。大声で助けを呼ぼうとしたところで口を塞がれ、私は涙目になった。

そのとき。

「陽菜っ！」

清春の声が聞こえて、目を見開く。

幻聴?と思った次の瞬間、安藤くんの体が私の前から吹っ飛んだ。

現れたのは、本当に清春だった。

地面に仰向けに倒れている安藤くんを、鋭い目で見下ろしている。

「ふざけんじゃねえぞ‼　陽菜に何しやがった⁉」

暗闇の中で、清春のブルーブラックの目が、見たこともないような獰猛《どうもう》な光を放っている。

清春が、ドカッと安藤くんのお腹を踏みつけた。

「ぐふ……っ！」

安藤くんが苦しそうにうめき、コホコホと咳き込んだ。

清春に殺されんばかりの勢いで睨まれ、「ひい……っ」と震え上がる安藤くん。

安藤くんは足をもつれさせながらどうにか立ち上がると、一目散にその場から逃げていった。

「大丈夫か⁉」

清春が、すぐに私のもとへと駆け寄ってくる。

地面にへたり込んだままだった私は、清春の顔を呆然と眺めた。

どうしてこんなところにいるの？

なんで必死に助けてくれたの？

どうしてそんな、心配そうな顔をしてるの？

言いたいことはたくさんある。

だけど、言葉にはならなかった。

ただ夢中で、清春に抱きついていた。

ガタガタと震える私の肩を、清春がそっと撫でてくれる。

壊れ物を扱うような、優しい手つきだった。

「助けるのが遅れてごめん……」

耳もとで、苦しげな声がする。

「怖かった……。まさか、安藤くんがあんな人だったなんて……」

いい人だとすっかり信じ込んでいた私はバカだ。

「もう大丈夫だ。陽菜は何も悪くない」

清春はそれ以上は何も言わずに、背中をさすり続けてくれた。

清春の温もりに、心が癒されていく。

ほんのりと漂う、清春の家のシトラスのシャンプーの香り。

知らなかった。

清春の胸の中は、体が溶けてしまいそうなほど、心地いい。

ずっとこうしていたいと思った。

私の体の震えが止まったところで、清春が語り出す。

「陽菜が前に、盗撮されたって言ってただろ？　だから心配で、様子を見てたんだ」

「そうだったの？」

清春は私のことなんて、もう気にもしてないと思っていたのに。

「ああ。そして、あいつがときどき陽菜のことを尾行してるのに気づいた。警察に相談したけど、尾行だけじゃ介入できないって言われたんだ」

「警察にまで行ってくれたの……？」

「……ごめん。陽菜が俺と縁を切りたがっているのは分かってるけど、放っとけなかった」

申し訳なさそうに言われ、胸がじんとなる。

「そんな。助けてくれたのに謝らないで」

まさか清春が、そんなふうに私を守ろうとしてくれていたなんて……。

なんだか泣きそうだ。

今さら、清春の服装が目に入る。

白いワイシャツに黒の蝶ネクタイ、カフェエプロンという、ウェイターみたいな恰好をしていた。

「清春、その服は？」

「バイトの制服だよ。陽菜が帰ってないっていうメッセージが陽菜のお母さんからきて、嫌な予感がしてバイトを抜け出してきたんだ」

「そうだったんだ……」

「あんなことされたんだから、これで警察も介入してくれるだろ。俺が証人になるから」

清春はどこまでも優しい。

私が彼を拒絶しても見守ってくれて、バイトを途中で放り投げてまで助けに来てくれた。

――清春がいると、私はこんなにも安心できる。

「清春、本当にありがとう……」

「気にすんな。そんなことより、自分の心配しろよ」

困ったように、清春が言った。それから私の全身を眺める。

「制服、すげえ汚れてる」

雨上がりの地面に倒れたせいで、スカートにもブレザーにも、べっとり泥がついている。私が抱きついたせいで、清春のバイトの制服も泥まみれだ。

「清春も、ドロドロ。大事な制服なのに、ごめんね。明日もバイト？」

清春は家事が苦手だ。今はハウスキーパーさんがいるみたいだけど、この時間だともう帰っているだろう。

「バイトだけど、どうにかするよ」

「よかったら私が洗うよ。私のせいで汚れたんだから」

清春が、驚いたような顔をした。

しばらくして、少し照れたようにボソッと言う。

「……ありがとう。じゃあ、頼む」

洗濯をするために、清春の家に行くことになった。

清春のスマホを借りて、『勉強していて遅くなったから、清春の家に泊まる』とお母さんに連絡する。

ふつうの高校生だったら、ひとり暮らしの男の子の家に泊まるなんてあり得ないけど、一応私たちはまだ夫婦だ。

清春が一緒ならと、お母さんは許可してくれた。

タクシーで清春の家に向かう。

途中、清春は誰かに電話をかけていた。

「バイト、抜けてごめん。この埋め合わせは必ずするから」

〈で、陽菜ちゃんは無事だったの？〉

ハキハキとした女の人の声が、スマホ越しに丸聞こえだ。

「うん、なんとか。詳しいことはまた話す」

〈はいはーい。ていうか清春のあんな必死な顔、初めて見たわ。好きな子がピンチのときは清春でも我を忘れるのね。かっこよかった！　うちの旦那にも見習ってほ

しいわ〜〉

「……もう切るから」

清春が、電話を終える。

「バイト先の店長に電話してたんだ」

「店長さん、私のこと知ってるの？」

「まあ、叔母だから。母さんの妹。性格はぜんぜん似てないけど」

「えっ、そうだったの？」

清春のバイト先は、叔母さんが経営しているカフェだったらしい。

「もしかして、電話の声聞こえた？」

「あ、うん。ごめん、聞くつもりはなかったんだけど……」

清春が気まずそうにするので、私も気まずくなってしまう。

電話の中で、叔母さんは、『好きな子のピンチのとき』って言ってた。

話の流れからして、それはたぶん私のことで……。

恥ずかしいような信じられないような気持ちになって、清春の方を見ることができなかった。

清春の家に着き、まずはお風呂を借りる。

久々に清春の家のシャンプーを使ったとき、そのシトラスの香りになぜかホッとした。いるべき場所に帰ってきたみたいな気分だった。

お風呂から上がって、清春のTシャツを借りる。

184センチもある清春のTシャツは大きくて、膝丈ワンピースみたいになった。

「お風呂、先にありがとう」

リビングのソファでスマホをいじっていた清春が、私を見て目を見開く。

それからなぜか顔を赤らめ、「それ、大きかったな」と言った。

どこか挙動不審な様子で、お風呂場へと消えていく清春。

清春がシャワーを使う音が聞こえる中、私はリビングのソファに座り、ぐったりしていた。

いろいろなことが起こって、今日は本当に疲れた……。

テーブルの上にあった雑誌を手に取り、パラパラとめくる。

地元の情報誌みたいで、いろんなお店の情報が載っていた。

あ、ここのクレープ屋さんおいしそう。

今度、真琴と行こうかな。

そうやってしばらくの間雑誌を見ていると、ガチャッとリビングのドアが開いた。

清春が、濡れた髪をタオルで拭きながら近づいてくる。

「その雑誌、珠里さんがくれたんだ。Bijouxが載ってるからって」

「ビジューってなに？」

「俺のバイト先」

清春が私の隣に座った。

「ほら、ここ」

そこには、まるでお姫様でも住んでいそうな、中世ヨーロッパ風の内装のカフェが載っていた。

メニューも、カラフルなケーキとか、かわいいラテアートのコーヒーとか、乙女心がくすぐられるものばかりだ。

「わっ、かわいい……！」

【宝石箱のようなカフェ・Bijouxへようこそ。美人店長があなたを夢の世界に誘い

ます】

そんな見出しと一緒に、店長らしき女の人が写っている。モデルのようなスラリとした体型に、目鼻立ちのはっきりしたきれいな顔をしていた。

あっと声を上げそうになる。

前に、清春と一緒にいた女の人だったからだ。

「この人が店長？　てことは、清春の叔母さん？」

「そう。珠里さんっていって、すごいエネルギッシュな人なんだ」

「佐枝子さんの妹さんってことは、何歳なの？」

佐枝子さんはたしか四十三歳だ。

あまりにも年が離れているんじゃないだろうか。

「三十五歳」

「三十五歳⁉」

とてもじゃないけど、そうは見えない。

「じゃあ、この間は叔母さんと一緒に歩いてたってこと？」

「この間？」

首を傾げたあとで、清春が「あ〜」とバツの悪そうな顔をする。

なんのことか気づいたみたい。

「あのとき、見てたのか……」

なんだ、叔母さんだったたんだ……。

ものすごくホッとして、涙が頬を滑り落ちていく。

急に泣き出した私を見て、清春が慌てていた。

「陽菜、どうした？　さっきのこと、思い出したのか？」

「ううん、違うの。私、叔母さんと歩いている清春を見たとき、彼女がいたんだって思って……」

「は？　なんで嫁がいるのに彼女がいるんだよ」

清春が声を荒らげる。

そしてすぐ、ため息をついた。

「……俺のせいだよな。俺が陽菜に冷たくしたから」

苦しげにつぶやく清春。

たしかにそれもあるけど、ぜんぶじゃない。

本当の清春を見ようとしなかった私もいけなかった。

清春がどれほど私のことを大事に思ってくれているかは、最近の彼の行動で、分かっていたはずなのに。

「もしかして、だから俺のことフッたの？」

「……うん、ごめん」

勝手に勘違いしてヤキモチを妬いた自分が恥ずかしい。

すると清春が立ち上がり、リビングの端にあるチェストから何かを取り出して、こちらに戻ってきた。

差し出されたそれは、白いリボンのついた水色の小箱だった。

「えっ？　私に？」

「ああ。そのときに買ったんだ。女が気に入るものなんか分からなくて困ってたら、珠里さんが買い物に付き合うって言ってくれて……」

赤くなりながら、そう言う清春。

「結婚指輪はじいちゃんが勝手に買って来たやつだし、俺からは何もあげたことがなかっただろ？」

びっくりしつつ、箱を開けてみた。

中に入っていたのは、太陽のチャームがついたシルバーのネックレス。

「かわいい……」

手のひらに乗せて、精巧なデザインのチャームを眺める。

「でも、なんで太陽？」

すると清春が、ますます顔を赤くする。

「陽菜は、俺の太陽みたいな存在だから。子供のときからずっと……。うわ、なんかすげえ恥ずかしい」

そこには、いつもみんなに憧れの目で見られている、完璧な鷲尾清春はいなかった。

いるのは、不器用で純粋な、ただの男の子だった。

愛しさで胸がきゅんとなり、気づけば勢いよく彼に抱きついていた。

「陽菜……？」

清春が固まっている。

「ありがとう、すごくうれしい！」

彼の胸の中で、精いっぱいの気持ちを込めて言う。

「……うん」

清春の、穏やかな声がした。

それから、そっと包み込むように抱きしめ返してくれる。

ふたりきりのリビングで、私たちはしばらくそのまま抱き合っていた。

幸せだった。

離れたくないと思った。

叶うなら、このままずっと、こうしていたい。

頑なに私を離そうとしない清春も、同じ気持ちなんだと思う。

うぬぼれじゃなくて、たぶんそう。

「陽菜ごめんな、ずっと冷たくして……」

清春が、私の肩におでこをすり寄せてくる。

「怖かったんだ。陽菜が俺のことを好きじゃないって、知ってしまうのが」

「どうして、そんなふうに思ったの？」

そんなわけがないのに。

「……ずっと前、陽菜のことを押し倒したことがあっただろ？　好きすぎて暴走したんだけど、拒絶されたから、俺とは仕方なく結婚するだけで、好きなわけではないんだと思ったんだ」

好きすぎて暴走。

清春の声が、頭の中をぐるぐるしている。

そうだったんだ……。

泣きたいほどうれしい。

あのとき、私たちはお互いに大きな勘違いを抱えてしまったみたい。

安心させるように、私はもう一度清春の背中をぎゅっと抱きしめた。

「あのときは、清春が私をからかってきたんだと思って、悲しくなったの。私は本気で清春が好きだったのに」

口走ってからハッとする。

今、サラリと告白してしまった……！

「陽菜が、俺を好きだった……？」

信じられない、というふうに清春が言う。

真っ赤になりながら、私はしぶしぶうなずいた。

「うん、……ずっと好きでした」

「うそだろ」

つぶやいたあとで、火が出たように顔を赤らめる清春。

「……今も気持ちは変わってない？」

おそるおそる聞かれ、私は赤い顔のまま、こくこくとうなずいた。

恥ずかしくて、全身がゆで上がりそう。

すると。

「陽菜。すげえかわいい」

清春が、緊張の糸がほどけたかのような笑みを浮かべた。

抱きしめた肩がかすかに震えていて、彼が心から喜んでいるのが伝わってくる。

清春の肩越しに、棚の上に置かれた、青みがかった黒い器が見えた。

晩年、おじいちゃんが作った器だ。

でも、前に見たときと形が違う。

左右対称の完璧な形をしていたはずなのに、今はぐにゃっと曲がって、いびつだった。

そういえばこの器は、見る角度によって、形が違って見えるんだった。

ハウスキーパーさんが掃除のときに動かして、向きが変わったのかも。

遠い昔、おじいちゃんの窯元に行ったときのことを思い出す。

『じいじ、これ、こっちからみたら変なかたち。しっぱいしてる』

『失敗じゃない。これで完成なんだ』

『へんなの』

『角度を変えれば、別の姿になる。人間も一緒だよ。さまざまな角度から見ないと、本当のその人は見えてこない』

『？　かくどって？』

『はは、陽菜にはまだ難しかったな』

おじいちゃんの言葉が、時を越えて、胸に深く刺さる。

私は清春の完璧なスペックばかりに気を取られて、本当の彼を見ようとしなかった。

好きな子に冷たくしてしまう不器用さや、一途な優しさ、子供みたいな本当の笑い方。

清春の、ぜんぶが好きだ。

私はやっぱり、そんな彼を、そばで支えていきたい。


そろそろ寝なきゃという時間になった。

「俺の部屋に来る？」

しれっとそう聞かれ、私は「えっ！」とパニックになる。

「大丈夫、何もしないから」

「そんなこと、心配してないけど……」

自分にそういう魅力がないのは、十分に分かっている。

「どうする？　来るの、来ないの？」

どうしよう。

恥ずかしいけど、清春と離れたくない。

だから素直にうなずいた。

「……行きます」

「そ、そうか」

自分から言っておきながら、なぜか清春の方がドギマギしているみたいだった。

初めて入る清春の部屋には、興三郎さんに見せるために撮った、私たちの結婚記念写真が飾られていた。タキシード姿の清春と、ウェディングドレス姿の私が、緊張した顔で写っている。

「これ、いつから飾ってるの？」

「ずっと」

なんだか恥ずかしい。

電気を消して、清春と一緒にベッドに横になった。

お互い寝つけなくて、ポツポツと会話をする。

おじいちゃんの器の話をすると、清春が感心したように言った。

「あの器、なんとなく気に入って飾ってたけど、そんな意味があったんだな。すごいな、陽菜のじいちゃん。もっと話したかった」

おじいちゃんとの記憶はほとんどない。

私たちが三歳の頃に亡くなってしまったから。

皺《しわ》だらけの優しそうな目もとと穏やかな声を、ぼんやり覚えているだけ。

「うん、そうだね。興三郎さんとも、もっと話しとけばよかった」

興三郎さんが亡くなったのは七月だ。

棺《ひつぎ》に横たわる興三郎さんを見たとき、胸が張り裂けそうになった。

人間はいつか死んでしまうんだって、しみじみ思った。

死んでしまったら、話すことも、笑顔を見ることも、喧嘩することもできない。

人の一生は、なんて儚いんだろう。

そして生きている一瞬一瞬は、なんて尊いんだろう。

「じいちゃん、それ聞いたら喜ぶよ。陽菜のこと気に入ってたから」

「うん……」

布団の中で、指先が触れ合う。

指と指を絡めるようにして、自然と手を繋いでいた。

私より高めの清春の体温に、泣きたいほど安心する。

「じいちゃんとさ、約束したんだ。それだけは、何がなんでも叶えたいと思ってる」

「どんな約束？」

「ひとつは、じいちゃんたちが作った会社を、俺の力で大きくすること」

暗がりの中、清春が目を輝かせる。

清春は、子供の頃から興三郎さんのことが大好きだった。

興三郎さんの潔くて豪快な生き方に、憧れていたんだろう。

「あともうひとつは、陽菜と結婚すること」

暗がりで、見つめ合う。

繋いだ手に、力が込められる。

私たちは、互いに引き寄せられるように、唇を重ねていた。

思った以上に温かくて、柔らかな感触。

自分でも知らなかった、心のずっと奥が震える。

清春が照れたように笑った。

「結婚して半年も経つのに、キスもまだだったって普通じゃないよな」

「うん、いろいろ異常すぎだよ」

「そういえば俺、ファーストキスだ」

「うそ、本当?」

「当り前だろ。その反応、お前はどうなんだよ?」

おでこをコツンとひっつけられ、拗ねたように聞かれる。

「初めてに決まってるじゃない」

「ふうん、そっか」

清春が言う。

ホッとしたのを、必死に隠しているような雰囲気だった。

清春と一緒の布団の中はあったかくて、本当に心地よくて、だんだんウトウトしてくる。

「清春、だいすき……」

幸せなまどろみの中、私は眠気に吸い込まれていった。

＊＊清春＊＊

陽菜が、やっと気持ちを受け入れてくれた。

長い道のりだった。

「かわいすぎるだろ……」

俺は悶絶していた。

『清春、だいすき……』――好きな子にウトウトしながらそんなことを言われて、平常心を保てるわけがない。

陽菜の眠っている姿を見るのは、子供のとき以来だ。

食べたくなるくらいかわいい寝顔は、変わっていない。

それなのに、子供の頃はしなかったいい匂いがして……。

健全な十八歳の男にとって、今のこの状況は拷問に等しい。

陽菜には知らせてないけど、そういうことは高校を卒業するまではしないと、親たちと約束している。妊娠とか、生々しい事情があるからだろう。

とはいえ、今までの俺たちには、関係のない約束事だった。

手を出したら絶対に拒絶されると思っていたし。

だけど今は、事情が違う。

俺は陽菜のことが好きで、陽菜も俺が好き。

これって、何も問題ないのでは……？

勝手に心拍数を上げていると、ヘッドボードに置いたスマホが振動する。

「くそ、誰だよ」

陽菜との貴重な時間を邪魔され、イラつきながら起き上がる。

母さんからのメッセージだった。

今は深夜十二時過ぎだから、ニューヨークは朝の十時頃か？

《お見合いの件、考えてくれた？》

怒りで目の前が真っ暗になる。

高校を卒業したら大企業の娘と見合いをしろと、最近母さんがしつこい。

あの企業と繋がりができたら、ますます会社が繁栄するからと。

だけど俺には陽菜がいるし、そもそもそんなやり方で、会社を大きくしたいとは思わない。

今まではのらりくらり交わしていたけど、もう限界だ。

《陽菜とは離婚しない。離婚届は捨てるから》

そう返信し、スマホの電源を落とす。

そして陽菜のいる布団の中に戻った。

陽菜の寝顔を眺めていると、荒れた気持ちが凪《な》いでいく。

初めて親に歯向かった。

――もう二度と、陽菜を手放したくない。

六章　本当の夫婦になりたい

翌日、清春と一緒に警察に行った。安藤くんのことを相談するためだ。

結果、ストーカー規制法のもと、安藤くんは警告処置を受けることになる。

安藤くんに襲われそうになったという私の証言と、清春の目撃証言。それから清春がひそかに撮っていた、私を尾行する安藤くんの写真が決め手となった。

「こんな写真撮って、気分悪いよな。だけどストーカー被害の決定的証拠に繋げるために、どうしても必要だったんだ」

清春は申し訳なさそうにしてたけど、もちろん怒るわけがない。

警察によると、安藤くんは反省して、二度としないと言っているとのこと。

安藤くんはたぶん、根はいい人なのだ。

だけど自分に自信がなくて、気の合った私に執着してしまっただけ。

怖かったけど、そんなふうに考えるようにしている。

清春のバイトがない日、私は必ず彼の家に行くようになった。

前と変わったのは、清春が私に甘いこと。

離婚をやめることは、まだどちらの両親にも話していない。

そのうち話さなきゃとは思うけど、佐枝子さんの顔を思い浮かべると、気が重かった。

「あなたが陽菜ちゃん⁉　かわいい〜っ！」

清春に連れられて、CAFE Bijouxに初めて行った日。

私を見て、珠里さんが声を上げた。

「それに、見るからにいい子！　ひねくれてる清春にはもったいないわ〜」

「うるせえよ」

はしゃいでいる珠里さんは、近くで見るともっときれいだった。

やっぱり、三十代半ばには見えない。

「珠里さんこそ、すごくきれいです」

見惚れていると「やっぱりいい子！」と頬ずりされた。

「このお店もすごくかわいいです。夢の世界に来たみたい」

「でしょでしょ⁉　女の子の憧れを詰め込んでるの」

渡されたメニュー表も、カラフルな花模様が描かれていてとてもきれい。

さんざん迷ったあげく、珠里さんにすすめられたジュエルパフェを注文する。店員さんが運んできたのは、フルーツやジュレがたっぷり盛られた、夢のようなパフェだった。

「ん～！　おいしい！」

味も抜群だ。こんなにおいしいパフェ、今まで食べたことがない。

清春はテーブルに頬杖をついて、パフェを頬張っている私を優しい目で見ている。子供扱いされているようで、なんだか恥ずかしくなった。

「清春は食べないの？」

「うん。食べるより、陽菜のことずっと見てたいから」

そんな甘いセリフをサラリと吐かれ、むせそうになる。

「……それにしても、本当に素敵なカフェだね」

「ああ。珠里さんの子供の頃からの夢だったんだって。モデルしてコツコツ金貯めて、自分の力で開業したらしいよ」

「夢を叶えたんだ。すごいね」

店内でテキパキと動いている珠里さんは、たしかに輝いていた。やりたいことをやって生きている人の、溌剌《はつらつ》としたオーラを感じる。

私もあんなふうになりたい。

なれるかな……。

「陽菜は、H女子大行くんだろ？」

「うん。食物栄養科、受験するの」

「なんでその学科？」

「清春が、私の肉じゃがをおいしいって言ってくれたから」

「え、俺？」

「もともと料理が好きだったたっていうのもあるけど、私の作った肉じゃがを食べたとき、清春の目が輝いたのがうれしくて、食に関わる仕事につきたいと思ったの。といってもなんとなくの夢で、珠里さんほどの情熱はないけど……」

清春は、冷たかったときでも、いつも私の作った料理をきれいに食べてくれた。

それだけのことが、すごくうれしかったんだ。

清春が照れたように笑う。

「そっか。夢、叶うといいな」

た。

「うん、清春も」

清春の夢は、Rテクノロジーを引き継いで、さらに大きくすることだって言ってた。

志望学科は、経営学科だろう。

一番偏差値の高い学科で、内部進学でもほとんどが落とされるって聞いたけど、頭のいい清春ならたぶん大丈夫。

「陽菜と一緒の大学に行けないのは寂しいけど、女子大だからまあよしとするか」

「何か言った？」

「なんでもない」

パフェはあっという間になくなってしまった。

日が暮れてから、私たちはカフェを出た。

清春の家に行き、夕飯を作る。

鮭のムニエルにラタトゥイユ、野菜たっぷりのコンソメスープにした。

清春は今日も、私の料理をおいしそうに食べてくれた。

「陽菜って本当に料理うまいよな。初めて食べたときは驚いた」

「料理うまくなりたくて、小さい頃から練習してたんだ」

「なんで料理がうまくなりたいと思ったの？」

「清春のためだよ」

ラタトゥイユを食べながら言う。

「十八になったら清春のお嫁さんになるって言われて育ったから、いいお嫁さんになろうって決めてたの」

「……………」

うん、このラタトゥイユ、おいしくできてる。

トマトソースを作るにはコツがいるけど、我ながら上出来だ。

「お父さんにいいお嫁さんってどんなの？って聞いたら、『料理上手なお嫁さん』って言われたから」

「どうかした？」

清春が、グラスを手にしたまま硬直している。

「……いや。なんでもない」

なぜかうつむく清春。

「顔が真っ赤だよ。熱でもあるんじゃない？」

「……大丈夫」

その後、清春はすっかり口数が少なくなってしまった。

食事が終わり、食器洗いに取りかかる。

よし、と腕まくりをして、洗剤をつけたスポンジで食器を洗っていると、突然後ろからふわりと抱きしめられた。

「陽菜」

ぎゅうっと腰に回した腕に力を込められる。

184センチもある清春に抱きしめられると、檻に閉じ込められたみたいになって、とたんに身動きが取れなくなる。

「キスしたい。していい？」

耳に息がかかるほどの距離で、ささやかれた。

声に熱がこもっている。

「……急にどうしたの？」

「陽菜が悪い」

「えっ、私、何かした？」

ドクドクと、心臓が鼓動を速めている。

想いが通じ合ってから、清春とは何度もキスをした。

だけど、なかなか慣れない。やっぱり恥ずかしい……！

固まっていると、頬に触れられ、後ろを向かされた。

そっと重なる唇。

何度も触れては離れ、触れては離れを繰り返したあとで、キスが深まっていく。

なに、このキス……。全身が溶けてしまいそう。

頭の中がぼうっとして、呼吸がうまくできない。

清春はなぜか、余裕がないみたいに、執拗にキスを繰り返した。

ようやく唇が離れていき、呼吸が楽になる。

「清春……。今日なんか変だよ」

「──そうか？」

いつもとは雰囲気の違う清春から、本能的に離れようとした。

だけど清春は、腕の中から私を逃がしてくれなかった。

どこかとろんとした、ブルーブラックの瞳。

クラクラするほど色っぽい。

「陽菜、めちゃくちゃかわいい」

熱のこもった低い声で、ささやかれた。

今度は前からぎゅうっと抱きしめられる。

逃げようとしてずるずると座り込めば、そのまま押し倒された。

また、貪《むさぼ》るようなキス。

「ちょっ……」

やっぱり、いつもと違う……！

「陽菜……」

キスの合間で、床に縫いつけるように指と指を絡められ、切なげに名前を呼ばれた。

清春の吐息、体温、熱いまなざし。

世界が清春に染まっていく。清春のことしか考えられなくなっていく。

だけどゴソゴソ動いていた彼の手が、私の胸に触れたとき、ハッと我に返った。

ええぇっ、今、何した⁉

慌てて、清春の胸をドンッと押す。

「ちょっと待って！」

「待たない。夫婦なんだから、別にいいだろ？」

清春が、拗ねたように言った。

信じられない気持ちで、明らかに興奮している清春を見つめる。

おそるおそる聞いてみた。

「清春は、私相手で、そういう気持ちになるの？」

「好きな子がひとつ屋根の下にいるのに、欲情しない思春期男子がいるかよ」

「よ、よくじょう……⁉」

カアッと顔に熱が集まる。

「大丈夫、俺に任せて」

清春はなんとも色っぽい笑い方をすると、今度は私の首筋にちゅっと口づけた。

驚いてビクッと肩を揺らすと、至近距離で、清春がうれしそうに笑う。

「首、感じるの？」

どうしよう、これ、絶対にやばい！

すると。

——ピンポーン！

チャイムの音がリビングいっぱいに響き渡った。

「誰だよ、こんな時間に」

清春がチッというようにつぶやき、立ち上がる。

助かった……！

ホッとして、乱れた髪を直しながら起き上がった。

モニター越しに誰かと会話をしていた清春が、浮かない顔で戻ってくる。

「母さんが来てる」

「えっ、佐枝子さん？　帰国してたの？」

「聞いてないけど、帰ってきてるみたいだ。ごめん、ちょっと出てくる」

気が乗らない様子で、玄関に向かう清春を見送りながら、私は焦っていた。

どうしよう。

清春とヨリを戻したことを、佐枝子さんはまだ知らない。

私がここにいるのを見たら、絶対に怒る。

──『それに清春には、もっとふさわしい人が──』

佐枝子さんに離婚を提案されたときのことを思い出し、冷や汗が湧いた。

佐枝子さんを連れた清春がリビングに入ってくる。

「あら、陽菜ちゃんじゃない」

私と目が合ったとたん、佐枝子さんが微笑んだ。

予想外の佐枝子さんの態度に、きょとんとする。

「仕事で日本に急用ができて、私だけしばらく帰国することになったの」

白のタイトなワンピースに、きっちりとしたアップヘアの佐枝子さんは、今日もセレブオーラに満ちている。

気さくな珠里さんと姉妹とは思えないほど、雰囲気が違う。

顔はたしかに、角度によっては似てるけど。

「空港から自宅に向かう途中、ちょっと寄ってみたのよ。こんな時間にごめんなさいね、陽菜ちゃん」

「あ、いえ、とんでもないです」

「あら、いい匂いがするわ。夕食はなんだったの？」

「ラタトゥイユを作ったんです」

「ラタトゥイユ？　私、大好きなの！　少しいただいていい？」

「はい、もちろんです」

佐枝子さんに座ってもらい、私はラタトゥイユの入った鍋をあたため直した。

「母さん」

今の今まで黙っていた清春が、真剣な声で佐枝子さんを呼んだ。

「俺――」

「――分かってるわ、清春。あのことでしょう？」

佐枝子さんが清春の言葉を遮る。

それから穏やかな笑みを浮かべた。

「大丈夫だから、心配しなくていいわ」

「本当に……？」

「ええ、あなたの気持ちは分かってる」

私には、ふたりが何の話をしているのかよく分からなかった。

ラタトゥイユにカリカリに焼いたフランスパンを添えて、佐枝子さんに出す。

「まあ、おいしいわ！　陽菜ちゃんは本当に料理上手ね。私、料理なんてできないから羨ましいわ」

佐枝子さんはその後も、やたらと私のことを褒めてくれた。

ちょっと、不自然なくらいに。

「じゃあ、下に車待たせてるから、そろそろ行くわね。陽菜ちゃん、ごちそうさまでした」

「はい、気をつけて帰られてください」

玄関まで佐枝子さんを見送る。

「母さんにはもう伝えてるから。離婚をやめること」

佐枝子さんが出ていったあと、清春が言った。

「えっ、そうだったの？」

「ああ、陽菜と両想いになった日に伝えた」

まさか、こんなにも早く行動してくれていたなんて。

「……佐枝子さんの反応はどうだった？」

「あの感じだと、認めてくれたんだと思う」

さっきの清春と佐枝子さんの不自然な会話は、そのことについてだったんだ。

『大丈夫だから、心配しなくていいわ』――たしか、そんなふうに話していた。

あっさりしすぎて拍子抜けしてしまう。

ちょっと違和感があったけど、清春が安心しているようだったので、私はとりあえず深くは考えないことにした。

帰りは、いつものように清春がタクシーで送ってくれた。

お金がもったいないから電車で帰ろうとしても、清春は許してくれない。

ストーカーに狙われているのに、こんな夜にひとりにできないって。

安藤くんは警察に警告を受けてるから、もう大丈夫だと言っても、絶対に首を縦に振ってくれなかった。

昼もなるべくひとりで行動しちゃいけないと、強く言ってくる。

過保護なようだけど、大事にされているのが分かって、うれしくもあった。

私をタクシーで送ったあと、清春はいつも夜道を歩いて帰っている。

「気をつけてね」

「お前こそ、すぐにマンションの中入れよ」

清春の後ろ姿が、遠ざかっていく。

角を曲がる寸前、〝早く家に入れ〟とジェスチャーで示してから、清春は見えなくなった。

マンションに入ろうと、回れ右したとき。

「前とは違って、ずいぶん仲がいいのね」

背中から声がした。

コツコツとヒールの音を響かせながら近づいてきたのは、佐枝子さんだった。

「佐枝子さん、どうして……」

驚いて、声が震える。

清春の家で別れたばかりなのに。

「あなたにお話があるの。ここでは目立ってしまうから、車の中で話しましょう」

逆らえるわけもなく、佐枝子さんについていく。

道の端に停められた黒塗りの高級車の後部座席に、佐枝子さんと一緒に乗り込んだ。

「あなたたち、復縁したそうね。あの子から聞いたわ」

中に入ってすぐに、佐枝子さんがそう切り出した。

「はい……」

佐枝子さんの様子は、見るからに刺々しい。

清春の前ではニコニコしてたけど、この感じだと、本当は納得していなかったみたい。

「いいのよ。若いんだし、いろいろあったんでしょう」

佐枝子さんの完璧な笑顔が怖い。

「でもね、もう一度お願いするわ。あの子のためを思うなら、やっぱり離婚してほしいの。結婚後に愛人として付き合うのなら構わないわ」

「な……っ！」

赤裸々な言い方に、真っ赤になる。

佐枝子さんの目は本気だった。

「大手電機メーカーの、C電機を知ってる？　そこのお嬢さんと清春に、お見合いの話が出ているの。いずれは経営統合したいと考えていて、地固めに最適なのよね」

まるでビジネスの話をするかのように、佐枝子さんが淡々と語る。

「大学三年生で清春より三歳年上の、とてもしっかりしたお嬢さんよ。留学経験があって三ヶ国語を喋れるし、T大の経営学科に首席で合格されてるの」

T大とは、日本で最難関とされている大学だ。

私みたいな平凡な高校生には、無縁の世界。

「地固めだけじゃないわ。いずれは経営者になる清春のパートナーとして、理想の相手なの。あなたに、同じようなことができる？」

静かなのに威圧感のある佐枝子さんの声。

私は、蛇に睨まれた蛙のように身動きが取れない。

「あの子は何考えているのか分からないところもあるけど、うちの会社に対する熱意だけは本物よ。あの子の夢を叶えるには、この縁談を受け入れるのが一番の近道なの」

『ひとつは、じいちゃんたちが作った会社を、俺の力で大きくすること』――清春の声が耳によみがえる。

ドクドクと、心臓が鼓動を奏でている。

まるで、泣いているような音だった。

「陽菜ちゃんはいい子だから、どうするべきか分かっているわよね？」

私は何も言い返せずに、ただ下を向いていた。

膝の上に置いた指先が、ひっきりなしに震えていた。

家に帰ってからも、私はずっと上の空だった。

お風呂に入ったあと、ベッドに仰向けになって考える。

夢を語ったときの、清春の輝く瞳が忘れられない。

叶ってほしいと心から思った。

清春の未来を考えるなら、佐枝子さんの言うように、やっぱり私たちは別れた方がいい。

だけど。

――『あともうひとつは、陽菜と結婚すること』

そのあとの清春の言葉を思い出して、胸がズキリとする。

どうしたらいいのか分からない。

心がぐちゃぐちゃになってしまいそう……。

ベッドに転がっていた、イヌヌのぬいぐるみをぎゅっと抱きしめる。

初めてデートしたとき、清春がクレーンゲームで取ってくれたものだ。

しばらくの間そうしていると、机の上に置いたスマホが震えた。

清春からの電話だった。

「もしもし」

〈陽菜？　無事帰ったか？〉

「うん。清春こそ、家には着いた？」

〈ああ。走ったから、十五分で着いた。今から寝るところ〉

「そっか、お疲れ。いつも送ってくれてありがとう」

〈夫なんだから当然だろ〉

誇らしげに答える清春。

なんだかかわいい。そしてそのかわいさが――今は苦しい。

『寝る前に、陽菜にどうしても言いたくて』
『……何を？』
しばらくの沈黙のあと、照れているような清春の声がした。
『好きだよ』
とたんに、ぶわっと目に涙が浮かぶ。
清春は、こんな素直な性格じゃない。
それなのに最近、何度も『好き』と言ってくれる。
私に冷たくし続けたことを、後悔してるから。
だから、本音を言うのは苦手だけど、勇気を出して何度も言葉にしてくれているんだ。
涙があふれて止まらない。
『陽菜、どうかしたか？』
鼻を啜《すす》ったところで、清春の声色が変わった。
『もしかして、泣いてる？』
『ううん、違う。ちょっと風邪気味なの』

なるべく明るい声を出して誤魔化した。

『そっか。じゃあ、早く寝たほうがいいな』

『うん、ありがとう。おやすみ、清春』

『おやすみ、陽菜』

再びベッドに寝っ転がり、イヌヌのぬいぐるみをぎゅっと抱きしめる。

どうしたらいいかは、結局答えが出ないままだった。

悩み過ぎて、ぜんぜん眠れなかった……。

今日は、真琴が風邪で休みだ。本当に風邪が流行っているみたい。

お昼はいつも真琴と食堂で食べているけど、ひとりでは行く気になれず、校内にあるコンビニに向かう。

廊下を歩いている途中、胸のあたりがもぞっとした。

Yシャツの下にいつもつけている、ネックレスのチェーンが切れている。

清春にプレゼントされたものだ。

チェーンを引っ張ったわけでもないのに、切れるなんてことある……？

嫌な予感がする。

ひとまず、切れてしまったチェーンと太陽のチャームを、ブレザーの胸ポケットにしまった。

「あれ？　陽菜ちゃん？」

コンビニでパンを選んでいると、声をかけられた。

柏木くんだった。

「柏木くんも、パン買いにきたの？」

「うん。今日、鎌谷が風邪で休みでさ。ひとり寂しく食べるところ」

「真琴も休みだよ。風邪って言ってた」

「じゃあ、カップルで移し合ったってこと？　なんかそれ、エロイね」

「何言ってんの？」

柏木くんの相変わらずの軽口にツッコむ。

落ち込んでいる今は、ちょっと救われた気持ちになった。

すると柏木くんが、じいっと観察するように私の顔を見てくる。

「陽菜ちゃん、なんか顔色悪くね？」

やばい、気づかれちゃったみたい。やっぱり柏木くんは、意外と鋭い。

「ちょっといろいろあって、昨日の夜眠れなかったの」

「ふうん。よかったら話聞こうか？　話すだけで気持ちが楽になるかもよ？　俺、この学校で陽菜ちゃんの秘密を知る数少ない人間だしね」

悩み疲れていた私は、柏木くんの軽いノリに癒される。

パンを買い終えると、花壇の脇にあるベンチに、柏木くんと並んで座った。

食欲なんてあまりなかったけど、買ったばかりのサンドイッチを食べながら、佐枝子さんのことを話す。

「なるほど。想いが通じ合ったと思ったら、今度は新たな障害が生まれたわけか。一難去ってまた一難って、波乱万丈だなぁ」

メロンパンをかじりながら、柏木くんが言う。

「清春の将来のためには、別れた方がいいのは間違いないの。だけど、踏み切れなくて……」

清春がどれほど私のことを好きかは、もう分かっているつもりだ。

「それに、佐枝子さんに言われたから別れたいって言っても、納得してくれない気がする。嫌われるぐらいのことをしないと」

それが一番いい解決方法だけど、胸が痛い。

清春に嫌われたくないから……。

柏木くんが、いつになく真面目な顔で聞いてきた。

「陽菜ちゃんの気持ちはどうなの？」

「え？」

「鷲尾の将来とか、そんなことは置いといて、自分の気持ちに素直になったら？」

「私は……」

清春が好きだ。この先も、ずっとそばにいたい。

毎日ご飯を作って、彼が落ち込んだときには寄り添ってあげたい。

だけど、私の感情なんて二の次だ。

清春の将来の方が、大事に決まってるから。

自分の素直な気持ちに目を向けたとたん、泣きそうになる。

そんな私を、柏木くんはじっと見つめていた。それからニカッと笑って、背中をバンッと叩いてくる。

「しょうがない。じゃ、別れるしかないな！　嫌われたいなら、あいつを裏切ればいいだけの話だ」

「裏切るって、でもどうやって？」

「不倫なら、絶大な効果があるんじゃない？　俺が不倫相手役やってあげるから」

「不倫⁉」

柏木くんの口から飛び出したパワーワードに、唖然とする。

「うん。サイテーで最悪な裏切り行為だよ。さすがのあいつもドン引くんじゃね？」

「さすがにそれはちょっと、やりすぎじゃ……」

「大丈夫だって！　俺が全面的に協力するから！　人妻と不倫って、憧れてたんだよね～」

「――なんの話？」

低い声が背中から降ってきて、私と柏木くんはピタリと会話をやめた。

怖々後ろを振り返ると、清春が立っていた。

ゴゴゴ、と音が聞こえてきそうなくらい、怒りのオーラが出ている。

「き、清春……」

「さっき、『人妻と不倫』って聞こえたような気がしたんだけど」

刺すように睨まれ、柏木くんが「ひっ」と青ざめた。

「──柏木恭介。前から思ってたけど、お前、俺に殺されたいの？」

「こわっ。美形の顔面力ハンパねえ！」

飛ぶようにして、柏木くんがベンチから離れた。

「ごめん陽菜ちゃん！　殺されたくないから、やっぱ俺、協力できねー！　それとさ、お前ら。もっとちゃんと話し合えよ！」

それから柏木くんは、食べかけのメロンパンを持って、逃げるようにどこかに行ってしまった。

あとに残された私と清春の間に、気まずい空気が流れる。

「……昨日の夜、陽菜の様子がおかしかったから、気になってたんだ。ちゃんと話し合えって何？　あいつに何を言った？」

怒りをにじませながら聞かれる。

「それは、その……」

佐枝子さんのことは言いたくない。

佐枝子さんが私に離婚を催促してるって知ったら、清春はショックを受けると思うから。

「――陽菜はやっぱり、俺と離婚したいの？　どうして急に考えが変わった？　昨日、何があった？」

肩をつかまれ、問い詰められる。

今にも泣きそうになっていると、清春がハッとしたような顔をした。

「まさか、母さんに何か言われたのか？」

「違う……っ！」

ギクリとして、思わず大声を上げてしまった。

動揺した私を見て、清春の表情が変わる。

「やっぱり。急に帰ってきて、怪しいと思ったんだ。見合いの話もしつこいし」

清春の顔に、佐枝子さんへの不信感が浮かんでいる。

「違うの！　そもそも、離婚の約束を守らなかった私が悪いの！」

「──約束って何？」

清春の声が、低く凄んだ。私は急いで口をつぐむ。

だけど、時すでに遅し。

「もしかして……離婚の話も、陽菜が言い出したわけじゃなかったの？　母さんに言われて離婚を決めて、家を出ていったのか？」

「それは……」

言い訳をしようにも、言葉が浮かばない。

「そっか。そうだったんだな。母さんに、会社のために離婚しろとでも言われた？」

もうバレてるけど、うんとも言えず、口もとを震わせる。

「……それで、俺と離れる方法を考えてたのか。あいつに相談して」

清春は、捨てられた子供のような顔をしていた。

「陽菜。俺の気持ち、やっぱり伝わってなかった？　そうだよな……。あんだけ冷たくしたんだから」

自嘲するような声。

清春が、自分を強く責めているのが伝わってくる。

「俺だったら、誰に何を言われても、陽菜を手放すなんて考えないけどな」

今にも泣きそうな顔で、清春が言った。

それから私から視線を逸らし、肩を落としながら、校舎の方へと消えていった。


学校から家に帰ると、まるで気が抜けたみたいに、私はベッドに身を投げた。

清春を深く傷つけてしまった。

自己嫌悪でいっぱいで、どうにかなりそう。

夕飯も食べずに、何時間もぼうっとする。

気づいたら、窓の向こうが真っ暗になっていた。

──『鷲尾の将来とか、そんなことは置いといて、自分の気持ちに素直になったら？』

柏木くんの言葉を思い出す。

私はいつもそう。

清春に自分は釣り合わない、清春が自分を好きになるわけがない。

そんなふうに自分を卑下してばかりいた。

本当に大事なのは、そこじゃない。

清春が私のことを大事に思ってくれていることと、私も清春のことが大事だということ。

――清春が好き。ずっとそばにいたい。

その気持ちだけで、十分だった。

自信を持って、佐枝子さんに立ち向かえばよかった。

清春に会いたい。

会って、昼のことを謝りたい。

そして『好きだから、ずっとそばにいたい』って、声に出して伝えたい。

自信のない、今までの自分のままではダメだ。

清春のために強くなりたい。

――お互い支え合うことのできる、本当の夫婦になりたい。

心に決めるやいなや、私は家を飛び出した。駅に向かって、がむしゃらに歩道を走る。

　そのとき、目の前の角からゆらりと人が現れた。

　驚いて足を止める。

「久しぶり」

　立っていたのは、久々に見る安藤くんだった。

　黒のキャップに黒のジャージ姿で微笑んでいる。

　ゾッとした。

　私に近づかないよう、警察から警告を受けたんじゃなかったの……？

「この間はごめんね、あんなことして」

　恐怖のあまり、頭の中が真っ白になる。

　動くことすらできない。

「でも、佐久間さんもひどいよ。僕たち、気が合ってたよね？　それなのに、近づくなだなんて」

　安藤くんが、唇を噛みしめている。

　目が充血していて、かなり怒っているのが分かった。

ひとりで出歩くなと、さんざん清春に言われていたのに……。

——私は、やっぱりバカだ。

安藤くんが、ポケットからナイフを取り出した。

突然すぎて、身の危険を感じる時間すらなくて。

彼がナイフを振り下ろす様子も、放心状態の私の目には、まるで他人事のように映っていた。

七章　プロポーズのやり直し

放課後、俺はすぐにRテクノロジーの本社に向かった。母さんに会うためだ。

「鷲尾佐枝子に会いたい」

受付で息子だと告げると、顔を知られているのか、すぐに最上階へと案内される。

社長室に隣接した応接室に通された。

「社長夫人はただいま外出しております。清春様が来られたことをお知らせいたしますので、少々お待ちください」

秘書らしき人がそう言い残し、部屋を出ていった。

母さんが陽菜に離婚を促したことを知って、怒りでどうにかなりそうだった。

陽菜との離婚は考えられないと、はっきり伝えるつもりだ。

今まで母さんに逆らったことはないけど、迷いなどなかった。

怒りを抑えつつ、母さんが戻ってくるのを待つ。

夕方を過ぎ、窓の向こうが暗くなっても、母さんは戻ってこなかった。

メッセージを送っても、既読がつくだけで、返信はない。

ようやく応接室のドアがノックされたのは、午後九時近くになってからだった。

「清春、待たせて悪かったわね」

言葉とは裏腹に、まったく申し訳ないと思っていないような顔で、母さんが部屋に入ってくる。

俺はすぐに母さんに食ってかかろうとした。

だけど。

「こんばんは」

母さんのあとから誰かが入って来て、とっさに口を閉ざす。

黒髪ボブの、背の高い女の人だった。

「前橋蘭《まえばしらん》さんよ」

「初めまして」

黒髪ボブの女の人が、俺に向かって言う。

「誰？」

嫌な予感がする。

あらやだ、と母さんが冗談口調で言った。

「お見合い相手の、C電機のお嬢さんよ。何度か話したでしょう？」

俺は眉をひそめた。

どうしてこんな時間に、わざわざ彼女を連れて来たのか。

もしかして会社に戻ってくるのが遅れたのは、俺に会わせるために、彼女に声をかけたから？

俺は彼女から視線を逸らし、母さんをまっすぐに見つめた。

「陽菜のことで話がある」

「それについては、今じゃなくてもいいでしょう？　せっかく蘭さんが来てくださったのよ？」

「どうでもいい」

「やだわ、この子ったら、何を言ってるのかしら？　失礼よ、清春」

俺はたじろがずに、母さんに鋭い視線を送り続けた。

「大事な話なんだ」

そこで初めて、母さんが顔から笑みを消す。

どんなに言っても、俺が引き下がらないと気づいたんだろう。

「ごめんなさい、蘭さん。別室で待っていただいてもいいかしら？」

「分かりました」

不服そうにしながらも、前橋蘭が部屋から出ていく。

「俺、陽菜と離婚するつもりないから」

ふたりきりになったとたん、俺ははっきり母さんにそう告げた。

母さんが盛大なため息をつき、ドサッとソファーに座り込む。

「こんなに手がかかる子だとは思わなかったわ」

忌々《いまいま》しげな声。

「自分の言っていることを理解しているの？　あなたはこの会社を継ぐ立場なのよ。蘭さんと結婚した方が有益に働くことも分からないの？　おじいちゃんのいない今、あの子にはなんの価値もないわ」

ついに本性を現した母さんを前に、俺は大きく息を吸う。

母さんと父さんがアメリカに移住したとき、俺はまだ四歳だった。

――『いい子にしてね、清春。私たちの期待を裏切らないで』

空港で別れ際に聞いた母さんの言葉は、呪いのように、俺をがんじがらめにした。

俺はいい子じゃないから置いていかれた。いい子にしていないと、今度こそ本当に捨てられてしまう――そう感じ、親の言うことには逆らわなかった。

感情を殺し、心の中で怯え続けてきた。

そんな臆病な自分が、嫌いで仕方なかった。

だけど。

――『いい子、いい子、とってもいい子』

――『清春くんのこと、ちゃんと見てあげてください』

俺の孤独を、陽菜はこの世で唯一、理解してくれた。

陽菜がいたから、俺は人間らしく生きられたんだ。

あの頃の臆病な俺とは違う。

今の俺には、大切なものがある。守りたいものがある。

「俺にとって、陽菜ほど価値のある人間はいないよ」

「生まれたときから婚約していたせいで、情が生まれたのかもしれないけど、感情に左右されちゃダメよ。感情と結婚は別物なの。そんなに陽菜ちゃんのことを気に入っているなら、結婚してから愛人にでもすればいいじゃない」

あまりの言い分だ。カッとなると同時に、悲しくなった。

この人はきっと、人を好きになるということを、本当の意味で理解できていないんだ。

そばにいるだけで、周りの景色が違って見えること。

声を聞いただけで、胸が高鳴ること。

笑顔を見ただけで、心が満たされること。

俺も、もしも陽菜に出会わなかったら、知らなかっただろう。

——だけど俺は、幸運にも陽菜に出会えた。

「俺は、陽菜以外と結婚する気はないから」

「本当に、物分かりの悪い子ね」

また、盛大なため息が落とされる。

母さんに、哀れみのような気持ちが湧く。

母さんには分からなくて当然だ。

父さんには愛人が何人もいて、母さんはそれを、見て見ぬフリをしているような人だから。

「母さんは今、幸せ？」

「幸せに決まっているじゃない」

「父さんは好き勝手やってるのに？」

「……」

母さんが、ついに黙った。勝気な瞳が揺らぐのを、俺は見逃さなかった。

母さんは、幸せというものをはき違えている。

だけど、そうせざるを得なかったんだとしたら？

愛人を作る父さんのことを気にしないフリして、愛情よりも富を得ることこそが本当の幸せだと、考えるしかなかったんだとしたら？

この人は本当は、俺なんかよりもよほど臆病で、寂しい人なのかもしれない。

「俺は、俺の力で、陽菜を幸せにしたいんだ」

静かに、だけど精いっぱいの想いを込めて言った。

母さんが、一瞬だけ考え込むような素振りを見せる。

だけどすぐに、侮蔑《ぶべつ》するような笑みを浮かべた。

「まだまだ子供ね」

「子供の頃、俺だけ親が近くにいないのが寂しくて仕方なかった。陽菜は俺の孤独に寄り添ってくれた、唯一の存在だった」

ポツリと漏らすと、母さんの顔から、侮蔑の笑みが消えていく。

「冷たくしても、ずっとそばにいてくれた。どんな日も、必ず俺のために晩飯を作ってくれた。俺はそんな陽菜と、ずっと支え合っていきたいんだ」

目を伏せた母さんは、何も言おうとしない。

さっきまでの威勢は、いつの間にか消えていた。

応接室に、重い沈黙が落ちる。

そのとき、俺のブレザーのポケットでスマホが震えた。

陽菜の母さんからの着信だった。

陽菜の母さんからの電話なんて、めったにない。嫌な予感がして、急いで電話に出る。

「もしもし？」

〈清春くん……？〉

「はい」

〈その、陽菜が……陽菜が……〉

スマホの向こうの陽菜の母さんの声は、聞いたこともないほど焦っていた。

嫌な予感が、確信に変わっていく。

「——陽菜に、何かあったんですか？」

〈……陽菜がさっき、家の近くで刺されて……〉

頭の中が真っ白になる。

〈病院にいるの……。市民病院よ。今から来れるかしら……？〉

陽菜を刺した犯人は、その場で通行人に捕らえられたとのこと。

犯人はおそらく、陽菜へのストーカー行為で警察から警告を受けていた安藤だということ。

そんな内容を告げて、陽菜のお母さんは電話を切った。

息ができなくなる。全身にぶわっと汗が湧き、何も考えられなくなる。

「清春？　何があったの？」

母さんが、普通じゃない俺の様子に気づいたようだ。

「陽菜が、刺されて怪我をしたって……。少し前からストーカーに狙われてて、警察に相談してたんだ」

「そんな、大変じゃない！」

絶句する母さん。

陽菜の小さな手の温もりを思い出す。

あの温もりを失ったら、俺はきっともう、生きていけない。

「俺、市民病院に行かないと……」

どうして陽菜をひとりにしたのか。

危険な目に遭わせたのか。

後悔で、頭がおかしくなりそうだった。

――とにかく陽菜のそばにいたい。

フラフラと立ち上がり、頭の整理がつかないまま、応接室を飛び出そうとした。

すると、母さんに呼び止められる。

「どうやって行くつもり？　市民病院まで、わりと距離があるわよ」

立ち上がった母さんが、俺に向かって厳しい口調で言った。

「私が車を出すわ。動揺しても状況は変わらないのよ、しっかりしなさい」

夜間通用口から病院の中に入り、陽菜のもとへと急ぐ。

陽菜は個室のベッドに横になっていた。二の腕に包帯が巻かれている。

「陽菜……！」

我を忘れて叫んだ。

震える手で、陽菜の頬に触れる。顔色は悪いけど、あったかい。

小さな寝息が聞こえ、俺はひとまずホッと胸を撫で下ろした。

「ごめんなさい。私ったら、胸を刺されたと聞いたものだから、動揺して電話をしてしまって……。たしかに胸も刺されたのだけど、かすり傷で、深手を負ったのは腕なんです」

病室にいた陽菜の母さんが、俺と母さんに深々と頭を下げる。

腕を刺されたのは油断ならないけど、胸を刺されていない以上、命に別状はない。

「お気になさらないでください。陽菜ちゃんは私たちの家族ですもの。何かあったら駆けつけて当然ですわ」

母さんが、陽菜の母さんに優しく声をかけていた。

俺の体から、一気に力が抜けていく。

人の気も知らないで、陽菜はすやすやと無邪気な顔で眠っている。

陽菜が生きている世界が、こんなにも輝いているとは思わなかった。

気づけば、涙が頬を伝っていた。

泣いたのなんて、本当に久しぶりだ。

「清春……」

俺の涙を見て、母さんが動揺している。

パタン、とドアの閉まる音がした。気を利かせてくれたのか、陽菜の母さんが部屋から出ていったようだ。

「陽菜、よかった……」

シーツの上に投げ出された小さな手を、そっと握る。

小さいけれど、俺にとってはとてつもなく大きな、その温もり。

涙があふれて止まらない。

生まれたときから当たり前のようにそばにいた存在。

陽菜がいなければ、きっと俺は俺じゃなくなる。

母さんは何も言わずに、泣き続ける俺をいつまでも見ていた。

＊＊＊

目が覚めると、すごく体が重かった。
見上げた先には、真っ白な天井。窓から、明るい光が差し込んでいる。
え、ここどこ？　もしかして、病院？
「陽菜……？」
清春の声がした。
ベッドの脇に座って、心配そうに私を見ている。
「清春……？」
清春の顔を見ているうちに、だんだん思い出してきた。
そうだ。私、清春に謝りに行こうとして、それで――。
安藤くんに刺されたことを思い出し、ゾッとする。
でも私、生きてる……？
意識を失う前に、清春の笑顔が思い浮かんだのを覚えている。
私の前でだけ見せる、子供みたいなあの笑顔だった。

もっともっと、本当の笑顔で笑う清春を見たかったって、後悔しかなくて。

あのときの気持ちを思い出し、心が震えた。

「清春、傷つけてごめんね。本当は私も、離婚したくない。この先もずっと、清春のそばにいたい」

清春が、大きく目を見開く。

それから「うん」とうれしそうに笑った。

ブルーブラックの瞳が、少し潤んでいる。

「俺も、陽菜が好きだ。この先もずっと夫でいたい」

私は目からポロポロと涙をこぼして泣いた。

清春がそんな私の頭を優しく撫でて、そっとおでこをひっつけてくる。

「ずっと一緒だからな」

「うん……」

触れるだけの、短いキス。

何にも代えがたいその温もりは、心のずっと奥まで届いて、私のすべてを満たしてくれた。

見た目も性格も家柄も、何もかもが違う私たちだけど、こんなにもお互いを必要としている。

清春のいる世界に生まれたことが、幸せだった。


気持ちが落ち着いたところで、清春は、私がここに運ばれるまでの経緯を話してくれた。

安藤くんはナイフで私の胸を狙ったけど、運よく逸れてかすり傷で済んだらしい。

だけどもう一度振り上げたナイフが、右腕に深く刺さってしまった。

そこで通りかかったサラリーマンのふたり組が異変に気づき、私を助けてくれた。

安藤くんは逃げたけど、その人たちに捕まったらしい。

彼らが救急車を呼んでくれて、私は病院に運ばれた。

縫合した腕は、一ヶ月もすれば問題なく動かせるようになるとのこと。

「これが、陽菜の着ていたブレザーの胸ポケットに入っていたらしいんだ」

清春が見せてくれたのは、太陽のシルバーチャームだった。

「あっ！」

チェーンが切れて、とっさにブレザーのポケットに入れたやつだ。

「このチャームがナイフの妨げになって、かすり傷で済んだ可能性が高いって医者が言ってた」

「本当に？　すごい……！」

まるで、清春が私のことを守ってくれたみたい。

「清春、ありがとう」

「俺は何もしてないけど」

「そんなことないよ。清春がプレゼントしてくれなかったら、私、助かってなかったかもしれないし。今度、そのサラリーマンの人たちに、お礼を言いに行かなきゃ」

「ああ。俺も一緒に行くよ」

そんな話をしていると、ドアをノックする音がした。病室に入ってきたのは、私の両親。

私が目覚めたのを、ふたりは泣きながら喜んでくれた。

心配をかけたことを、私は何度も謝った。

両親が帰ったあとも、清春はずっとそばにいてくれた。

「清春、学校は大丈夫なの？」

「今日は休む。夫として、陽菜に付き添いたいから」

平然とそんなことを言われ、恥ずかしくなる。

清春は一日中、かいがいしく私の世話を焼いてくれた。

ご飯を食べさせてくれたり、体温を測るのを手伝ってくれたり。

大事にされているのがひしひしと伝わってきて、くすぐったい気持ちになる。

夕方頃、佐枝子さんが病室に現れた。

「陽菜ちゃん、調子はどう？」

「はい、大丈夫です。ご迷惑をおかけしてすみませんでした」

「気にしなくていいのよ。これから少し慌ただしくなるけど、弁護士の手配なら心配しないでね。うちの顧問弁護士が対応してくれるから」

「……ありがとうございます」

それから、佐枝子さんが清春に向けて言う。

「陽菜ちゃんと話があるから、ちょっと出ててくれる？」

「──分かった」

清春は少し考えてから、病室を出ていった。

私と佐枝子さんのふたりきりになる。

なんだろう。

清春と佐枝子さんの距離感が、今までとは違うように感じた。

「怪我、痛くはない？」

「はい、痛み止めが効いているので大丈夫です」

「そう、ならよかったわ。清春のこと、遠慮なく使ってね。陽菜ちゃんはたくさんあの子の世話をしているんだから、こういうときはしっかり甘えていいのよ」

「はい……」

佐枝子さんの雰囲気も、この間とは少し違う気がする。

いったん会話が途切れたところで、私は覚悟を決めて、ベッドの上で姿勢を正した。

「佐枝子さん。この間のことですが、私はやっぱり、清春と離婚したくありません。この先も清春のそばにいたいです」

自分の気持ちを、はっきりと言葉にする。

もう二度と、後悔はしたくないから。

清春を、悲しませたくないから。

「私には佐枝子さんの望むような幸せは清春に与えてあげられないけど、別の形で幸せにしてみせます」

与えられるだけじゃない。

足りないところを補い合って、支え合える夫婦になりたい。

しばらくの間、佐枝子さんは真顔で私を見つめていた。

緊張で、息が詰まりそうだった。

やがて、佐枝子さんがフッと口もとをほころばせる。いつもの上品な笑い方とは違う、気さくな笑い方だった。

「清春にも同じことを言われたわ。あなたたち、息がぴったりね。子供の頃からずっと一緒にいたからかしら？」

佐枝子さんが、穏やかな声で言う。

「あの子は問題を起こさない、扱いやすい子供だった。だけど感情が見えにくくて、どことなく不安を覚えていたの。きっと、親らしいことをしてこなかった、私たちの責任ね」

苦しげに、そう語る佐枝子さん。

幼い清春をひとりにしてしまったことに、本当は葛藤があったのかもしれない。

「だけど、あなたを失いたくないと言ったときのあの子は、感情を露《あらわ》にしていたわ。あんな清春を見たのは初めてよ」

佐枝子さんが、そのときのことを思い出すように、遠い目をした。

「そして感じたの。あの子があの子らしく生きるためには、陽菜ちゃんが必要なんだって」

私が眠っている間に、いったい何があったんだろう？

突然の展開に頭が追いつかない。だけど、震えるほどの喜びが込み上げる。

思わず涙目になっていると、佐枝子さんが私を励ますように、ポンと肩に手を置いた。

「だから、これからもよろしくね。陽菜ちゃん」

私は必死になって、こくこくとうなずいた。

「はい。よろしくお願いします……!」

安藤くんは、傷害罪で逮捕された。

調べによると、安藤くんは過去にも、ストーカー行為で警告を受けていたらしい。

結果的に安藤くんを紹介したことになってしまった真琴は、何度も謝ってきた。

真琴は何も悪くないから、申し訳ない気持ちでいっぱいだ。

鎌谷くんが言うには、どうやらあの日、カラオケには鎌谷くんと柏木くんと三崎くんの三人が来る予定だったみたい。だけど気まぐれで、三崎くんが安藤くんを誘ったとか。

まさかこんなことになるなんて、誰も思っていなかった。

とても悲しいし、安藤くんのことはまだ許せないけど、今後は正しい生き方をしてほしい。

気づけば十二月も半分が過ぎていた。

「陽菜、腕はもう完治したの？」

「うん。この間ガーゼも取れたよ。傷痕はほとんど残らないだろうって言われた」

「ほんと？　よかったあ」

私の向かいでジュエルパフェを食べていた真琴が、ホッと表情を柔らげた。

放課後の今、私たちはCAFE Bijouxに来ている。

『今度、友達連れてきて！』と珠里さんに言われたからだ。

なぜか柏木くんもいて、真琴の隣でレインボークリームソーダを飲んでいる。

ちなみに清春は、店内でバイト中だ。

黒の蝶ネクタイに黒エプロンの制服姿で、きびきびと働いている。

「それにしてもこのパフェ、本当においしい！　お店もかわいいし、今度隼人とも一緒に来よっと」

ケーキを頼んだあとでパフェまで追加オーダーした真琴は、すっかりこのお店が気に入ったみたい。

「鷲尾、相変わらずモテてるな。嫁として気にならないの？」

柏木くんが、頬杖をつきながら聞いてきた。

彼の言うように、女性客が数人、はしゃぎながら清春に話しかけている。
「気にはなるけど、今はもう信じてるから」
私が入院している間、清春は学校をときどき休んでまで看病してくれた。
どうして休みがちなのかとクラスメイトに聞かれ、嫁の私のお見舞いに行くから
と、あっさり答えたらしく。
突然の嫁がいる宣言に、学校中の女子が騒然となったらしい。
だけど。
『さすがに人様の夫に横恋慕《よこれんぼ》するのはちょっとね』
『観賞用にチェンジ』
清春にキャーキャー言っていた女子たちの切り替えは、意外と早かった。
そういうわけで、私と清春が夫婦だということを、今では学校中が知っている。
「へーえ。なるほど」
私の返事を聞いた柏木くんがニヤニヤした。
「でもまあ、うまくいってよかったよ。鷲尾も、ようやく俺にマシな態度をとるよ
うになったし」

不倫発言以降、柏木くんは、清春に出くわすたびに睨まれていたらしい。あの能天気な柏木くんが怯えていたほどだから、よほど怖かったんだと思う。

「その節は、ご迷惑をおかけしました」

「いいっていいって！　かわいい陽菜ちゃんのためだから！」

柏木くんが、バチッとウインクしてくる。

瞬間、背筋にゾクッと怖気が走った。

おそるおそる振り返ると、トレイを手にした清春が、柏木くんを静かに睨んでいる。

室温が下がりそうなほどの冷ややかな目に、柏木くんが身を震わせた。

「……やべ。調子に乗った」

たしかに、あんなふうに睨まれたら怖いよね。

巻き込んでほんとごめん、柏木くん。

真琴と柏木くんが帰ったあとも、私はひとりで店内に残っていた。

バイトが終わるまで待っていてほしいと、清春に言われたからだ。

「陽菜、ごめん。終わった」

午後八時過ぎ。バイトを終えた清春が、学校の制服に着替えて、私のところに来た。

「お疲れ様。帰ろっか」

珠里さんが、お店の入り口まで私たちを見送ってくれる。

「陽菜ちゃん。新メニュー開発したんだけど、また今度試食してくれない？」

「はい、私でよかったら」

CAFE Bijouxでは、来月から軽食メニューを出すことにしたらしい。

清春が長時間バイトのとき、サンドイッチを差し入れたら、それをつまんだ珠里さんが味を気に入ってくれたらしく。こんなふうに、ときどき試食を頼まれるようになった。

「やった！　じゃあ、また連絡するね。気をつけて～！」

珠里さんにひらひらと手を振られ、私たちは並んでお店をあとにした。

「貸して」

外に出てすぐ、清春が私のバッグを奪い取ってしまう。

「腕、もう痛くないから大丈夫だよ」

「ダメ。まだなるべく安静にしろって、医者に言われてるだろ？」

「うん……」

私はしぶしぶうなずいた。

私が怪我してからの清春の過保護っぷりは、今も変わらない。

病院でかいがいしく世話を焼いてくれたのが、クセになったのかな？

「お前が持つのは、バッグじゃなくてこっち」

そう言って、手を差し出される。私は素直に、その手を取った。

クリスマスまで、あと一週間。街の景色は、クリスマスムード一色だ。

あちこちで光るイルミネーション、店頭に飾られたクリスマスツリー、どこからともなく聞こえるクリスマスソング。

通り過ぎる人々も、浮足立っているように感じる。

柔らかな粉雪が、風に舞っていた。

「帰る前に寄りたいところがあるんだけど、いい？」

「うん、いいよ」

買いたいものでもあるのかな？

手を繋いで、クリスマス色に染まる街を歩く。

たどり着いたのは、街角にある、巨大クリスマスツリーの前だった。

小さな金色のライトがたくさん瞬いている、真っ白で幻想的なツリーだ。

「すごい。きれいだね」

「珠里さんが教えてくれたんだ。日本で一番大きいクリスマスツリーらしいよ」

あちこちで、カップルや家族連れが写真を撮っていた。みんなとても楽しそう。

幸せな気分でそんな人たちを眺めていると。

「陽菜」

突然、緊張したような声で呼ばれた。

清春が、コートのポケットから、白い小箱を取り出す。

「これ、クリスマスプレゼント。ごめん。早くつけてほしくて、クリスマスまで待てなかった」

白い息を吐きながら、清春が言う。

箱に印字された有名ブランドのロゴを見て、慌ててしまった。

「そんな、ネックレスも直してもらったばかりなのに」

チャームの取れてしまったネックレスは、清春が修理に出してくれて、今も身につけている。

「それとこれとは別だから」

「……ありがとう」

申し訳ないけど、うれしい。手渡された小箱を、そっと開けてみた。中から出てきたのは、シルバーリングだった。中心には、ホワイトダイヤモンドが輝いている。

「それ、結婚指輪」

「え？　でも、もう貰ってるよ」

結婚写真の撮影の際につけたきり、クローゼットの奥にしまってるけど。

「前のはじいちゃんが用意したものだから、やり直させて。バイト代で買ったんだ」

それから清春は、小さく息を吸うと、「陽菜」と改めて私を呼んだ。

清春の雰囲気が変わったのに気づいて、私も背筋を伸ばす。

ブルーブラックの瞳が、まっすぐに私を見つめていた。

「俺と、この先も夫婦でいてほしい」

「——はい、喜んで」

胸がじんとして、目頭が熱くなる。

私は、心のままに微笑んだ。

幸せすぎて、どうにかなってしまいそう。

すると清春が、緊張の糸がほどけたかのように、無邪気に笑った。

ちゅっと音をたてて、唇に軽いキスをされる。

突然のことに、カアッと顔に熱が集まった。

「清春。ここ、外！」

「別にいいだろ？　俺たち夫婦なんだから」

「この問題に、夫婦とかそういうことは関係なくて……」

「じゃあ、今はもう我慢する」

清春がいたずらっぽく笑った。

「で、いつうちに引っ越してくるの？　推薦入試、もう終わったんだろ？」

清春との離婚が取りやめになったあとも、入試まではと、私は実家に住み続けていた。

それも先月無事に終わり、晴れて合格が決まったばかりだ。

「とりあえず、今年いっぱいは実家にいることにしたの。年末だとバタバタしそうだし」

「じゃあ年明けか。長いな」

「長くない、あともうちょっとだよ」

それから私たちはキラキラ輝くクリスマスツリーを見上げる。

いつの間にか、どちらからともなくまた手を繋いでいた。

ふたりの白い吐息が、ひとつになって、空へと昇っていく。

年の瀬の街を見下ろす夜空を、粉雪がひっきりなしに舞っていた。

――いろいろあったけど、これからもずっと、清春と一緒にいたい。

粉雪のように柔らかく笑うようになった清春の横顔を、私は幸せな気持ちで見つめた。

End.

番外編　俺の嫁がかわいすぎる

＊＊清春＊＊

一月一日の朝。

俺と陽菜は、一緒に神社に来ていた。

元旦なだけあって、すごい人だ。拝殿《はいでん》の前が、大行列になっている。

ガランガランと、鈴の音が繰り返し鳴り響いていた。

「清春、おみくじ引こうよ」

参拝が終わったあとで、陽菜が言った。

今日の陽菜は、ベージュのダッフルコートに、赤いマフラーをしている。

かじかんだ手に、ときどきハアッと息を吹きかけていた。

寒いせいか頬が赤くなっている。その様子を横目でチラリと見た俺は、彼女に手を差し出した。

「いいけど、手貸して」

「へ？」

陽菜の小さな手を握り、自分のコートのポケットに導く。中でぎゅっと手を握ると、陽菜がますます頬を赤くした。

行列に並び、巫女《みこ》さんに手渡されたおみくじの筒を振る。

「お、すげ。大吉だ。初めて引いたかも」

「私も大吉！」

陽菜が自分のおみくじを俺に見せて、輝くように笑った。

黒目がちの目に、小ぶりな鼻、笑うと小さなえくぼができる右頬。

俺の嫁は、今日も世界で一番かわいい。

こうして正月から陽菜と一緒にいられて、最高だ。

幸せを噛みしめながらその笑顔に見惚れていると、陽菜が困ったように目を泳がせた。

「なんでそんなにじっと見るの？」

「ん？　別に？」

照れてる顔もかわいくて、ますます見入ってしまう。

本当に、いつまでたっても見飽きない。

そのあとは、参道に並んだ出店を見て回った。

陽菜はりんご飴《あめ》の店でいちご飴を買っていた。買うの、りんご飴じゃないのかよ。行動までいちいちかわいくて、気持ちの処理が追いつかない。

ポケットの中で陽菜の手を握りしめながら、悶絶を隠すのに必死だった。

ベビーカステラも買って、神社をあとにする。

陽菜がいると、冬の寒さなんて忘れてしまうから不思議だ。

駅へと続く並木道を歩いていると、陽菜が思い出したように言った。

「あ、そういえば。引っ越しの日、決まったの」

「まじ？　いつ？」

「再来週の土曜日」

「そっか。じゃあその日、バイト休みにしてもらわないとな」

「そんなに荷物ないから、大丈夫だよ。お父さんが手伝ってくれるって言ってるし」

「いや、休む。夫なんだから当たり前だろ？」

夢にまで見た、陽菜との同居生活再開の日なのに、バイトなんかしている場合じゃない。

「……清春。なんか過保護が悪化してない？」

「ん？　なんか言ったか？」

「ううん、なんでもない」

俺、今、絶対だらしない顔してる。

だけどどんなに努力しても、それからはもう、頬が緩みっぱなしだった。


二週間後、陽菜が俺の家に帰ってきた。

八月の末に陽菜がこのマンションを出ていってから、五ヶ月。

長かった。この日が待ち遠しかった。

この先はもう、絶対に出ていかせたりしないと、固く心に誓う。

「おかえりなさい」

陽菜が引っ越してきた週末が明けた、月曜日。

バイトが終わって家に帰ると、キッチンにいた陽菜が俺を出迎えてくれた。

白いもこもこのパーカーを着ている。

「ただいま」

ダイニングテーブルの上には、ホカホカの夕食が用意してあった。

帰ったら陽菜がいて、部屋着で、俺のためにメシを作ってくれているなんて。

最高か。

感動のあまり、スクールバッグをソファに放り投げ、キッチンに立つ陽菜を背中から抱きしめた。

白くて小さくて、まるでウサギみたいだ。頬ずりしたくなるほどかわいい。

俺の腕の中で、陽菜がもがいている。

「ちょっと清春……！　ご飯の用意できないから、離して」

「陽菜がかわいすぎるのが悪い」

「なに言ってんの？」

赤くなっている陽菜をますます腕の中に閉じ込め、首のあたりに鼻先をうずめて匂いを嗅いだ。

今日も安定のいい匂いだ。

バイトの疲れなんか一気に吹き飛んでしまった。

陽菜がジタバタしながら、くるりと俺の方に体を反転させた。

背伸びをして、ちゅっと、口に触れるだけのキスをしてくる。

「頼むから、早く手、洗ってきて？」

照れているような拗ねているような顔に、また心臓がズドンとやられる。

自分でもはっきりと分かるほど、顔に熱が集まっていった。

どうしよう、俺。

陽菜のかわいさに、いつか殺されるかもしれない。

毎日陽菜と一緒にメシを食って、同じベッドで寝る。

親との約束があるからキス以上のことはできなくて、俺の理性は崩壊寸前だけど、幸せなのに変わりはなかった。

土曜日の夕方。

俺は今日も上機嫌で、バイト先から家に帰っていた。

最近の俺はバイト中もにやけているらしく、珠里さんによく生暖かい目で見られている。

だってしょうがないだろ。

家に帰ったら、かわいい嫁が俺を待っているんだ。にやけない方がどうかしてる。

「ただいま」

玄関のドアを開け、少しでも早く陽菜に会うために、急いでスニーカーを脱ぐ。

そこで、見たことのない男物の靴に気づいた。

——誰のだ？

「陽菜！」

リビングのドアを開けて絶句した。

ダイニングテーブルに、陽菜と向かい合うようにして、知らない男が座っていたからだ。癖がかったアッシュグレーの髪に、琥珀色《こはくいろ》の瞳の端正な顔立ち。

「あ、清春。おかえり」

陽菜の声がしたけど、俺の目は知らない男に釘付けだった。

「——あんた、誰？」

「前橋凪《なぎ》さんよ。前に話したでしょ？　陽菜ちゃんの家庭教師をお願いしたの」

横から声がした。

先週から一時帰国している母さんがソファに座り、優雅にティーカップに口をつけている。

俺はひとまず、陽菜と男がふたりきりじゃなかったことにホッとした。

「家庭教師……」

頭の中で、少しずつ状況を理解する。

前橋凪は、母さんが俺と婚約させようとしていたC電機の娘——前橋蘭の双子の弟だ。

たしか、二十一歳の大学三年だったはず。

俺との婚約が白紙に戻ったことを、前橋蘭はあっさり受け入れたらしい。

だけどC電機との縁を切りたくない母さんが、少し前に、今度は弟の方に俺の家庭教師を依頼すると言い出した。高校時代アメリカに留学していた凪は、ネイティブ並みに英語が堪能らしい。

もちろん俺は断った。

それきりあきらめてくれたかと思っていたが、どうやらターゲットを俺から陽菜にしただけのようだ。凪が俺の嫁である陽菜の家庭教師になれば、新たな縁が生まれるから。

いや、最悪だろ。

それなら、俺の家庭教師になってもらった方がよほどマシだった。

「君が清春くん？　うわ、すごいイケメンだね。前橋凪って言います、よろしくね」

凪が、朗らかに挨拶をしてくる。

「鷲尾清春です。よろしくお願いします」

「清春くん、蘭と結婚しなくて正解。あいつ性格きついから」

「……申し訳ないことをしたと思っています」

「あ、そこは気にしないでいいからね。あいつ、終わったことにはこだわらないタイプだから。時間がもったいないとか言ってさ。もう忘れてんじゃないかな」

大人びた笑みを浮かべる凪。普通にいいやつそうだ。

だからこそ、陽菜に一番近づけたくない。

「陽菜、無理しなくていいからな」

どうせ、母さんが無理矢理押しつけたんだろう。

陽菜を困らせたくなくて、すぐにでも母さんに抗議するつもりだった。

ところが陽菜は、困っているどころか、キラキラした目を俺に向けてくる。

「ううん。無理なんてぜんぜんしてないよ」

「……そうなのか？」

「私、頑張るね！　英語喋れるようになりたいから！」

「お、おう」

意外な陽菜の態度に、何も言えなくなる。

大好きな嫁がやる気を出してるのに、反対なんてできるわけがない。

「でも、家庭教師を呼ぶのは必ず俺がいるときにしろよ」

「いいけど、なんで？」

「なんでも」

相変わらずの陽菜の鈍感さに嫌気が差す。

陽菜は、自分のかわいさをまったく自覚していない。

陽菜を見守るために、珠里さんに頼んでバイト減らしてもらうしかないか……。

そんなことを考えていると、向かいで凪が「へーえ」と言った。

「なるほどね」

「何がですか?」

「いや。清春くん、かわいいなあと思って。俺、きつい姉なんかじゃなくて、こういう弟がほしかったなぁ」

そう言って頬杖をつき、うっすらと微笑んで俺を見てくる凪。

余裕の大人の笑みがなんかムカついた。


それから前橋凪は、週二で、陽菜に英語を教えるために家に来た。

凪が来る日、俺はバイトを休んで、ふたりの様子を監視している。

「すごい! 凪さんに教えてもらったら、あっという間に理解できました!」

「この間、英語の先生に発音がよくなったって褒められたんです!」

陽菜はすっかり凪に懐いていた。凪もまんざらでもなさそうだ。

「陽菜ちゃんこそ、物わかりがよくて助かるよ」

凪は、妹のように陽菜をかわいがっている。そこにやましい気持ちがないのは見ていて分かるけど、やっぱり俺は面白くない。

あからさまに不貞腐《ふてくさ》れている俺にまで、凪は寛大だった。

「清春くんは、やっぱかわいいなー」

「マジで俺の弟にならない？」

余裕たっぷりの笑顔が、ますます俺の鼻につく。

それはたぶん、凪が俺の理想だから。

いつも余裕で、包容力があって、冷静に物事を判断できる。

俺みたいな嫉妬深いやつじゃなくて、そんな男の方が陽菜には合うんじゃないかって、心の底ではいつも不安だったから——。

俺たちと凪の仲を見届け、母さんは安心したようにアメリカに帰っていった。あきらめかけてたC電機との繋がりができて、さぞや喜んでいるだろう。

《ごめん！　急な休みが出て、どうしても今日バイト入ってほしいの！》

ある日の放課後、帰る準備をしていると、珠里さんからそんなメッセージがきた。

ウルウルした目の猫のスタンプ付きだ。

今日は凪が家に来る日で、休み希望を出していたけど、ここまで頼まれたらさすがに断れない。

悩んだあげく、陽菜に連絡した。

《急にバイトが入って帰れなくなった。今日、真琴のこと家に呼んだら？　前に、うちに来たいって言われたんだろ？》

《え、いいの？　じゃあ誘う！》

うまくいったと安心して、スマホをしまう。

真琴が家に来るなら、陽菜と凪がふたりきりになることはない。

午後九時。

バイトが終わり、家に帰ると、玄関にたくさん靴があった。

中から楽しげな声がする。

「あ、清春お帰り！」

「お邪魔してまーす」

リビングに入ると、陽菜と真琴が口々に声をかけてきた。

「清春くん、おかえり」

「鷲尾、お前んちめちゃくちゃ広いな！」

凪と、それからなぜか柏木までいる。

皆が囲んでいるダイニングテーブルの上には、おかずがたくさん並んでいた。

陽菜が夕食を作ったようだ。

「ていうか陽菜ちゃん、ほんと料理上手。先生として誇りだわ」

「陽菜、今度料理教えて。私も隼人に手料理作ってあげたい」

「マジでコレうまいよ、陽菜ちゃん！　考え直して俺の嫁にならね？」

食卓の空気は、すっかり和気あいあいとしている。

「いいな～。陽菜ちゃんみたいな奥さん、俺も欲しい」

陽菜の作ったハンバーグを食べながらデレデレしている柏木に、俺は無言で詰め寄った。

「柏木。なんでお前までいんの？」

「ん？　なんとなく？　俺たち仲良しだから」

いつものようにチャラく笑う柏木。

「俺が来ていいって言ったのは、真琴だけなんだけど」

「うわっ、亭主関白なの？　そうなの？　ていうか至近距離で睨むのやめて、怖いから！」

ひぃ〜、と柏木が怯えている。

「ちょっと清春、もうそういうのやめてよ。柏木くんはそんなんじゃないから」

空になった皿を下げていた陽菜が、困ったように言った。

「そうそう！　俺たち友達なの！」

「私は友達なんて思ってないけど」

「えっ、真琴ちゃん⁉　ここでそんなこと言う？」

騒ぐ俺たちの様子を、凪がテーブルに頬杖をついて、落ち着いた笑みを浮かべながら見ている。

そんな凪をチラ見して、真琴がほんのり顔を赤らめながら「凪さん、いい……」とつぶやいていた。いや、お前彼氏いるだろ。

その後、陽菜が俺にも夕食を出してくれたけど、柏木が何かと陽菜にちょっかいをかけるから、落ち着いて食べていられなかった。

「ていうか鷲尾、陽菜ちゃんの前だとだいぶイメージ変わるよな。器ちっさって思う。鷲尾清春親衛隊の女子たちに、本性を教えてやりたいよ」

「うるせえヤンキー。勝手にしろ」

「ヤンキーじゃねえから。これ地毛だから！」

そんなふうにやり合っている俺と柏木を、陽菜はやっぱり困ったように見ていた。

「ちょっとタバコ吸ってくるね」

黙って俺たちの様子を見守っていた凪が、おもむろに立ち上がる。

ベランダに出る直前で、なぜか俺に手招きしてきた。

「清春くん、一緒にいい？」

「なんすか？」

「寂しいお兄さんの話し相手になって」

笑顔になんとなくの圧を感じて、気が進まないながらも、ベランダに出る。

二月のベランダは、震えるほど寒かった。

キンと冷えた夜空には、星がポツポツと浮かんでいる。

ジーンズの後ろポケットから煙草を取り出し、慣れた手つきでライターで火を点ける凪。悔しいけど、その仕草に見惚れてしまう。

「清春くん、気持ちは分かるけどさ、柏木くんに厳しすぎない？　陽菜ちゃん困ってるじゃん」

「あの金髪、すぐに調子に乗るんで」

「でも陽菜ちゃんは、どう見ても柏木くんのこと友達って考えてるでしょ。陽菜ちゃんの大事な友達に、ああいう態度はよくないと思うなー」

夜空に向けて紫煙《しえん》を吐き出す凪。

それから凪は俺を見て、少し強めの口調で言った。

「大事な女の大事なもの、ぶっ壊してどうしたいの？」

心臓を撃ち抜かれたようだった。

それくらい、凪の言葉は俺にとって衝撃的だった。

あまりにも的を射《い》ていたからだ。

俺、情けねえな。

陽菜の気持ちも考えずに、陽菜に近づく男にことごとく嫉妬している。

こんなんで陽菜のこと、ちゃんと守れるのかよ。

柏木のことなんか、もはやどうでもよかった。

――凪には敵わない。

こういうやつといた方が、陽菜はきっと幸せになれる。

気づけばそんな劣等感で、頭の中が埋めつくされていた。

凪との格の差を思い知って、落ち込む日々が続いた。

どうして俺は、陽菜の前だとこうも余裕がなくなるのか。

昔からそうだった。

唯一余裕を見せたい女の前でだけヘタレになるなんて、自分で自分が本当に嫌になる。

ある日のこと。

「清春」

夕食後にソファでぼんやりしていると、陽菜が隣に座ってきた。

黒目がちの目が、心配そうに俺を見上げている。

「最近元気ないけど、何かあった？」

「いや、別に」

こんな情けないこと、言えるわけないだろ。

すると、陽菜がずいっと身を寄せてきた。

服越しにひっついた太ももから陽菜の体温を感じて、心臓が飛び跳ねる。

「絶対何か悩んでるでしょ？　清春は、すぐにひとりで抱え込むくせがあるから」

「そんなことないって」

「私にだけは、何でも話してほしい」

真剣な顔で陽菜が言う。

それから何を思ったか、手を伸ばして俺の頭を撫でてきた。

優しくてあったかい手の感触に、心がほろりと崩れてしまう。

昔から俺は、陽菜のコレに弱いんだ。

「今から情けないこと言うけど、いい？」

「うん、もちろん」

「俺さ……凪さんにめっちゃ嫉妬してる」

「えっ、凪さん？　なんで？」

陽菜が、心底驚いたような顔をした。

呆れるくらいに鈍感だなと思いつつ、俺は続ける。

「めちゃくちゃかっこいいから。守ってくれる大人の男ってかんじだし。ああいう男の方が陽菜には合ってるんじゃないかって、女々しいことばかり考えてしまうんだ」

「それ、本気で言ってる？」

「ああ」

「凪さんはたしかにかっこいいけど、清春の方がかっこいいよ？」

陽菜の声に導かれるように、俺はゆっくり顔を上げた。

ただの同情かと思ったけど、まっすぐに俺を見つめる陽菜の目は、嘘をついているようには見えない。

顔にみるみる熱が集まっていく。

「……本当に？」

「うん、本当に」

こくりと、少し照れたようにうなずく陽菜。

――うれしい。

陽菜が相手だと、俺はすぐに安い男になってしまう。

「私、清春以外をかっこいいって思ったことないから」

「でも陽菜、めちゃくちゃ凪さんに懐いてるじゃん」

勝手に拗ねた口調になっていた。

「それは、英語が上達してうれしいからだよ。英語くらい喋れるようにならなきゃって、ずっと思ってたから……清春のために」

「──俺のために？」

思いがけないことを言われ、首を傾げる。

「そう。前にね、佐枝子さんに言われたの。将来会社を継ぐ清春を支えるには、知識や語学が必要だって」

「は？　そんなこと言われたのか？」

あのクソババア、と心の中で思わず悪態をつく。

「うん。そのときは違う形で清春を支えたいって答えたんだけど、本当はずっと心に引っかかってたの。だんだん、佐枝子さんの言ったことも大事だって、悩むようになって……。そのためにはまず、英語が堪能にならなくちゃって考えたんだ」

「陽菜……」

知らなかった。陽菜がそんなことで悩んでいたなんて。

――『頑張るね！　私、英語喋れるようになりたいから』

初めて凪が家に来たときの、陽菜のキラキラした目を思い出す。

あれは、俺を思っての表情だったってことか？

「それに、清春は私を守ってくれてるよ？　いつだって、私のことを一番に考えてくれてるじゃない。そんな清春のことが、私は大好き。だから心配しないで」

恥ずかしそうにしながらも、花がほころぶようにふわりと微笑んだ陽菜。

そのあまりのかわいさに、心臓がぎゅううっとなる。

俺の嫁はかわいいだけじゃなくて、思いやりがあって、頼りがいもある。

こんなにも最高な嫁に大事に思われているのに、凪にくだらない嫉妬をした自分が恥ずかしくなった。

俺は陽菜が絡むと、とことんまでポンコツになってしまうらしい。

だけど陽菜は、そんな俺でも好きでいてくれている。

やばい。今、めちゃくちゃキスしたい。

「陽菜」

甘えるように呼んで、鼻先をくっつけようとした。

だけどそこで、陽菜が何かを思い出したように立ち上がる。

「そうだ、忘れるとこだった！」

キスしようとしたのに華麗にスルーされて、俺はちょっと不貞腐れる。

陽菜はキッチンに行くと、すぐにまた俺のもとに戻ってきた。

クッキーの入った瓶を手渡される。

「これ、プレゼント。清春に元気出してもらおうと思って、学校から帰ってすぐに焼いたの」

中には、犬の形のクッキーが入っていた。

デートで行った遊園地のマニアックなキャラクター〝イヌヌ〟のアイシングクッキーだ。顔つきも色合いも、めちゃくちゃ似ている。

陽菜は、なんやかんやでこのキャラクターを気に入っていた。

俺がクレーンゲームで取ったイヌヌのぬいぐるみも、大事に部屋に置かれている。

最近の陽菜は、珠里さんに影響を受けたのか、みるみるお菓子作りの腕が上がっていた。

「……ありがとう」

俺のことを考えながらクッキーを焼いている陽菜を想像しただけで、一生にやけていられる。

できれば、食べずに永遠に保存しておきたい。

もう限界だ。

俺はクッキーをテーブルに置くと、目の前に立つ陽菜の手をぐいっと引いた。

「きゃっ」

バランスを崩した陽菜が、俺の膝の上にストンと座り込む。

今度は逃げられないように、細い背中に腕を回し、ぎゅっと力強く抱きしめた。

「陽菜、キスしていい？」

耳もとでささやくと、陽菜がビクッと肩を揺らす。

「そんなの、いちいち聞かなくてもいつも――」

「いつもの百倍くらいしたい、いい？」

「ひゃ、ひゃくばい……？」

陽菜の耳が、熟れたいちごみたいに真っ赤になっている。

俺のせいで、こんなになったんだよな。

たまらず、がっつくようにキスをした。

陽菜は恥ずかしそうにしながらも、目を閉じて受け入れてくれた。

──百倍じゃ足りないな。

本能のままに、キスが深くなっていく。

「き、清春……」

キスの合間に、陽菜が戸惑い気味に俺を呼んだ。

潤んだ瞳に映っているのは、理性を失った俺の顔。

自分でもヤバい顔をしてるのは分かってたけど、想像以上だった。

それでも、止めてやれない。

勢いのままに陽菜をソファに押し倒し、貪るようなキスを続けると、ドンドンと胸を叩かれる。

「清春、ストップ！　約束！」

「──分かってる」

そうだ、分かってるんだ。

陽菜のことが大事だから、約束は守りたい。

俺は大きく息を吐き、どうにか興奮を鎮めると、陽菜の首筋に鼻先を寄せた。

陽菜の匂いに包まれているだけで、脳が溶けてしまいそうだ。

「でも、卒業したら覚悟しとけよ」

うめくように言うと、少しの間のあと、小さな声が返ってきた。

「うん、待ってるから……」

恥ずかしさを誤魔化すように、背中にぎゅうっとしがみつかれる。

おかげで俺は、陽菜の首筋に顔をうずめながら、声を押し殺してまた悶絶する羽目になってしまった。

あー、本当にやばい。

今日も、俺の嫁がかわいすぎる。

俺、卒業まで生きてられるかな。

番外編　End.

あとがき

この度は、『私たち、あと半年で離婚します！』をお読みくださり、ありがとうございました。

野いちご文庫様では初めて出版させていただきます、ユニモンと申します。

この本を書いたのは、「離婚がテーマの小説はよくあるけど、そういえば高校生の離婚ものってあるのかな？」とぼんやり考えたのがきっかけでした。

そんなとき担当様とお話しする機会があり、ご相談したところ、あっという間にこちらの本が出来上がりました。

まさかぼんやりと考えていたネタがこんな素敵な本になるとは思っていなかったので、あとがきを書いている今でも驚いています……！

担当様、素晴らしい出版の機会をくださり、本当にありがとうございました。

こちらの小説を書くにあたり、まずはヒーローの見た目をとにかくかっこよく！と心に決めました。そして毎回執筆前に、イケメンのイラストを五分ほどひたすら眺めるという怪しい儀式を繰り返しました。そうして誕生したのが清春です。

久我山ぼん先生が描いてくださった清春を見たとき、想像以上にかっこよくて卒倒しかけました。陽菜もめちゃくちゃかわいいです！

「清春、そりゃ誰にも渡したくないよね」と納得しました。

久我山先生、眼福もののイラストを、本当にありがとうございました。

最後に、数多くある本の中からこの本を選んで読んでくださった読者様に、心よりお礼申し上げます。楽しんでいただけたようでしたら幸いです。

また何かの本でお会いできますように。

二〇二三年十二月二十五日　ユニモン

ユニモン

広島県出身。第7回魔法のiらんど大賞（大賞）受賞作『リキ-もう一度、君の声を聴かせて-』（KADOKAWA／アスキー・メディアワークス）で作家デビュー。既刊に『君がひとりで泣いた夜を、僕は全部抱きしめる。』『僕は花の色を知らないけれど、君の色は知っている』『夜を裂いて、ひとりぼっちの君を見つける。』（すべてスターツ出版刊）などがある。

久我山ぼん（くがやま・ぼん）

岐阜県出身、9 月生まれの乙女座。締切明けのひとりカラオケが最近の楽しみ。2018 年漫画家デビューし、noicomiにて『1日10 分、俺とハグをしよう』（原作：Ena.）のコミカライズを担当。

ユニモン先生へのファンレター宛先

〒104-0031
東京都中央区京橋1-3-1　八重洲口大栄ビル7F
スターツ出版（株）　書籍編集部気付
ユニモン先生

私たち、あと半年で離婚します！

2023年12月25日　初版第1刷発行

著者　ユニモン　

発行人　菊地修一

イラスト　久我山ぼん

デザイン　カバー　稲見麗（ナルティス）

フォーマット　栗村佳苗（ナルティス）

DTP　朝日メディアインターナショナル株式会社

発行所　スターツ出版株式会社
〒104-0031
東京都中央区京橋1-3-1 八重洲口大栄ビル7F
出版マーケティンググループ　[TEL]03-6202-0386
（ご注文等に関するお問い合わせ）
https://starts-pub.jp/

印刷所　株式会社光邦

Printed in Japan
ISBN 978-4-8137-1522-1 C0193

もっと、刺激的な恋を。

♥野いちご文庫人気の既刊！♥

『魔王子さま、ご執心！①』

＊あいら＊・著

家族の中で孤立しながら辛い日々を送っていた、心優しく美しい少女の鈴蘭。なぜか特別な能力をもつ魔族のための学園「聖リシェス学園」に入学することになって…。さまざまな能力をもつ、個性あふれる極上のイケメンたちも登場!?　注目作家＊あいら＊の新シリーズがいよいよスタート！

ISBN978-4-8137-1254-1　定価：本体649円（本体590円＋税10%）

『魔王子さま、ご執心！②』

＊あいら＊・著

魔族のための「聖リシェス学園」に通う、心優しい美少女・鈴蘭は、双子の妹と母に虐げられる日々を送っていたが、次期魔王候補の夜明と出会い、婚約することに!?　さらに甘々な同居生活がスタートして…!?　極上イケメンたちも続々登場!!　大人気作家＊あいら＊新シリーズ、注目の第２巻！

ISBN978-4-8137-1281-7　定価：671円（本体610円＋税10%）

『魔王子さま、ご執心！③』

＊あいら＊・著

魔族のための「聖リシェス学園」に通う、心優しい美少女・鈴蘭が、実は女神の生まれ変わりだったことが判明し、魔族界は大騒動。鈴蘭の身にも危険が及ぶが、次期魔王候補の夜明との愛はさらに深まり…。ふたりを取り巻く恋も動き出し!?　大人気作家＊あいら＊新シリーズ、大波乱の第３巻！

ISBN978-4-8137-1310-4　定価：671円（本体610円＋税10%）

『魔王子さま、ご執心！④』

＊あいら＊・著

実は女神の生まれ変わりだった、心優しい美少女・鈴蘭。婚約者の次期魔王候補の夜明は、あらゆる危機から全力で鈴蘭を守り愛し抜くと誓ったが…。元婚約者のルイスによって鈴蘭が妖術にかけられてしまい…!?　大人気作家＊あいら＊の新シリーズ、寵愛ラブストーリーがついに完結！

ISBN978-4-8137-1338-8　定価：671円（本体610円＋税10%）

書店店頭にご希望の本がない場合は、書店にてご注文いただけます。

もっと、刺激的な恋を。

♥ 野いちご文庫人気の既刊！ ♥

『魔王子さま、ご執心！　2nd season①』

＊あいら＊・著

心優しき少女・鈴蘭は苦労の日々を送っていたが、ある日、運命的な出会いをする。その相手は、学園内の誰もが憧れひれ伏す次期魔王候補・黒闇神夜明。気高き魔王子さまに溺愛される鈴蘭の人生は大きく変わり、ふたりは婚約することに…。溺愛シンデレラストーリー続編がいよいよスタート！

ISBN978-4-8137-1446-0　定価：682円（本体620円＋税10%）

『魔王子さま、ご執心！　2nd season②』

＊あいら＊・著

誰もが憧れひれ伏す次期魔王候補・夜明の寵愛を受ける鈴蘭は、実は千年に一度の女神の生まれ変わりだった。鈴蘭をめぐって夜行性と昼行性の全面対決が勃発するけれど、夜明は全力で鈴蘭を守り抜く！　最強魔族たちからの溺愛も加速し、緊急事態が発生⁉　溺愛シンデレラストーリー続編、第２巻！

ISBN978-4-8137-1469-9　定価：660円（本体600円＋税10%）

『魔王子さま、ご執心！　2nd season③』

＊あいら＊・著

夜明の婚約者としてパーティに参加した鈴蘭。ドレス姿を見た夜明は「世界一かわいい」と言って溺愛全開！　しかしパーティ中に鈴蘭を狙う黒幕が現れ、全力で犯人を潰そうとする夜明。自分の存在が夜明を苦しめていると悟った鈴蘭は、彼に「距離を置きたい」と告げ…？　大人気シリーズ堂々完結‼

ISBN978-4-8137-1493-4　定価：660円（本体600円＋税10%）

『極上男子は、地味子を奪いたい。①』

＊あいら＊・著

トップアイドルとして活躍していた一ノ瀬花恋。電撃引退後、普通の高校生活を送るために、正体を隠して転入した学園は、彼女のファンで溢れていて……！　超王道×超溺愛×超逆ハー！　御曹司だらけの学園で始まった秘密のドキドキ溺愛生活。大人気作家＊あいら＊の新シリーズ第１巻！

ISBN978-4-8137-1078-3　定価：649円（本体590円＋税10%）

書店店頭にご希望の本がない場合は、書店にてご注文いただけます。